U0025798

dele

刪除

2

本多孝好

TAKAYOSHI HONDA

目錄

Unchained Melody

奔放的旋律

儘管位於地下，走出電梯後的通道卻總是十分乾燥。真柴祐太郎經過幽暗的走廊，打開正面的門。天花板挑高、沒什麼家具什物的事務所予人環堵蕭然的印象。坂上圭司就坐在老位置上。他坐在祐太郎從未在其他地方見過的造型簡單的輪椅上，面對三個螢幕一字排開的辦公桌。看在祐太郎眼中，那模樣就像是坐在特殊運輸工具的操縱艙裡，擁有特殊技能的駕駛員。

祐太郎把手中的紙袋放到桌上，圭司抬頭，看也不看紙袋地問：

「結果呢？」

「這是伴手禮的竹葉糰子。」祐太郎說。

圭司瞥了紙袋一眼，點點頭，再問了一次：

「結果呢？」

「那裡真是個好地方啊！無邊無際的天空底下，是一望無際的稻田。藍天有白雲飄過，底下稻浪起伏。那種地方種出來的米，肯定好吃。啊，有好米，釀出來的酒一定也很棒。而且附近就有風情十足的溫泉街。」

圭司靠到輪椅椅背上，訝異地仰望祐太郎：

「這是在說什麼？」

「我是說，如果能住上一晚就好了。」祐太郎說。「起碼讓我住上一晚，應該就可以查到更多事。」

「你要查的事只有一件。」圭司受不了地冷哼一聲。「委託人確定死了嗎？」

「死了。」祐太郎點點頭。「千真萬確。和尚唸了好久的經，應該不必擔心又會復活。」

「這樣。」

圭司點點頭，調整輪椅角度，打開桌電之外的其他筆電。只有這台圭司稱為「土撥鼠」的電腦與委託人託付的資料相連。

圭司的手指在觸控板上滑動了一陣，當手指抬起時，祐太郎輕嘆了一下口水。這是無意識的動作。當圭司的指頭放下來的那瞬間，委託人與這個世界的連繫便斷了一個。但面無表情地這麼做的圭司，沒有過去的那種冷漠。大概就像今天冗長地誦著經的和尚那樣，圭司內心也祈禱著委託人的靈魂安息——現在祐太郎能夠這樣去解讀了。即使如此，當一個連繫斷絕的那瞬間，他依然有股近似疼痛的感覺。

最喜愛新奇事物、甜食和年輕小姐，務農之餘，長年擔任村議會議員的七旬老人，他最後留下來的資料，同時亦是希望隨著自己的死亡一同刪除的資料，究竟會是什麼？

祐太郎想了一下，但他對老人實在瞭解太少，無法有任何具體的想像。對老人如此無知的他們，真的有資格刪除他所留下來的資料嗎？祐太郎感到難以釋然。他將目光從土撥鼠移開，望著桌角。腦中不自覺地浮現老人家玄關旁枯朽的老樹殘株。

「人無法活得多戲劇性，也無法死得多戲劇性。」

注意到時，圭上土撥鼠的圭司正以淡漠的眼神看著祐太郎。

「就在上一刻，能夠撼動漠不相關的你的心靈的資料從世上消失的可能性，微乎其微。」

「嗯，是啊。」祐太郎點點頭。「我懂。」

當然，那有可能只是不想讓家人看到的、和好友一起做傻事的證據，也可能只是色情影片。事到如今，已經無從得知了。據說要復原刪除的資料，「理論上不是做不到，但以人類目前的資訊技術，幾乎是不可能的」。

祐太郎離開辦公桌，在他的定點沙發坐下。這段期間，圭司回到桌電的螢幕前，開始忙起什麼來。工作沒動靜時，事務所幾乎都是這種感覺。祐太郎也曾動念來學一下電腦，偷看圭司在忙的樣子，但螢幕上全是英文字母和記號，根本看不出圭司到底在做些什麼。即使問他，得到的也都是些令人一頭霧水的回答：「在找入口」、「在改良程式」、「趁還沒忘記整理一下」，也沒有積極要教他的樣子，因此祐太郎兩三下就拋開了這個念頭。

「對了，聽說你去醫院了？上次舞小姐告訴我的。」

祐太郎拿起沙發上不曉得讀過多少遍的雜誌說。圭司的姊姊，也是這棟大樓屋主的坂上舞，在樓上開律師事務所。

「去看腳嗎？跟我說一聲，我可以陪你去啊。」

「不，不用了。」

本以為只會得到敷衍的應聲，沒想到圭司意外認真地回答。祐太郎抬頭，發現圭司的眼睛離開螢幕，正看著他。

「不用了？」

「醫院那邊的事辦完了。」

「喔，這樣。」

祐太郎與圭司之間，從來沒有正面談起過他的腳。對祐太郎來說，這是不好探問的問題，圭司也從來沒有主動提起過。圭司的腳，目前雙膝以下都沒有知覺。這是舞告訴祐太郎的。

「是圭讀高二的時候吧，突然說他腳尖發麻，去了醫院，可是查不出原因。雖然試過各種治療，但都沒有效果。漸漸地，腳尖完全失去知覺，而且向上蔓延。最近好像不再擴大了，但沒有人知道往後還會繼續擴大，還是就這樣維持現狀。」

「治不好嗎？」

「醫生建議繼續進行運動療法，但二十歲以後，圭就不再去醫院了。」

「為什麼？」

不管運動療法再怎麼辛苦，圭司都不是那種會逃避的人。

「『只不過是為了能走路，有必要犧牲這麼多嗎？』」

舞冷冷地說道，露出受不了的笑容。

「咦？」

「那個時候圭這樣對醫生說。他就是這種人。」

「哦……」

圭司放棄毫無效果的運動療法，靠著這句好強的話，試圖自力開拓爬出困境的道路。祐太郎想像二十來歲的圭司那令人惱恨的嘴臉，忍不住也笑了。

「我爸生前也非常擔心圭。比起他的腳，更擔心他的個性。所以之前發現他去醫院時我非常開心，覺得圭也漸漸地有了改變。我想這應該也是因為有你在的關係。」

這番話，是上星期舞對祐太郎說的。但圭司卻說「醫院那邊的事辦完了」，表示他並不打算繼續治療吧。

祐太郎煩惱是不是應該和圭司再談談這件事，卻聽見土撥鼠醒來的聲音。他離開沙發。

與「dele.LIFE」簽約後，委託人首先必須把圭司製作的應用程式安裝到存放欲刪除資料的數位裝置當中。應用程式會定期與「dele.LIFE」的伺服器通訊，當裝置超過委託人設定的時間無人操作，伺服器便會反應，喚醒土撥鼠。接到通知後，祐太郎會確定委託人是否真的已經死亡。確定死亡後，圭司就會透過土撥鼠，從委託人的數位裝置刪除指定的資料。

祐太郎走到辦公桌前。圭司正在用土撥鼠查看委託內容。

「這次的委託人是橫田英明，三十五歲，設定為電腦超過七十二小時無人操作，便刪除電腦內的某個資料夾。」

圭司操作觸控板，輕咂了一下舌頭。

「無法連上那台電腦。可能不是委託人沒操作，而是沒電三天，或離線而已。」

應用程式在背景執行，因此委託人幾乎不會意識到它的存在。過去也有好幾個例子是忘了簽約的事，讓裝置處於無法和伺服器通訊的狀態超過設定的時間。

「先去進行死亡確認吧。這是電話號碼。如果委託人真的死了，就設法讓電腦連上網路。」

「呃，沒有其他資料嗎？」

祐太郎問。愈瞭解委託人，辦起事來愈容易。

「不能看他的手機裡面嗎？」

「這次的委託目標只有電腦，手機號碼只當成緊急連絡電話登記在上面，委託人並未把我們的程式安裝在手機裡。」

「那，半點相關資訊都沒有喔？」

「如果手機不是傳統手機而是智慧型手機，也是可以現在安裝惡意軟體進去，要嗎？」

「惡意軟體？呃，是病毒嗎？意思是要駭進他的手機嗎？不，應該不用做到這種地步吧。好，我知道了，我會搞定。」

就算無法冒充太複雜的身分，應該也可以確定生死吧。祐太郎這麼想，打了土撥鼠螢幕上的手機號碼。很多時候電話都打不通，或是無人接聽，但幸好這次有回應。

『喂？』

接聽的是女人的聲音，並不年輕。對方似乎在外面，背景一片喧鬧。祐太郎故作意外地揚聲說：

「咦？這是橫田——橫田英明的手機吧？我叫真柴，橫田在嗎？」

『英明——』對方輕嘆了一口氣。『英明死了。我是他媽媽。我叫橫田裕子。』

對剛失去孩子的母親撒謊，教人於心不忍，但祐太郎別無選擇。

「我是他朋友，您說橫田過世了？咦？什麼時候的事？」

『前天他突然在池袋的路上昏倒，被送去醫院，當天就過世了。家裡接到連絡，只有我過來這裡，正準備帶他回家。現在正在等船。』

也許是兒子的死讓她心神恍惚，又或是極度哀傷，說話內容不得要領。口音很重，但祐太郎聽不出是哪裡的方言。

「呃，您說船……」

『回島上的船。啊，好像來了。』

委託人的家鄉在外島。他前天在路上昏倒，被送到醫院，但當天就過世了。院方通知老家，母親一個人來到東京，確認兒子死亡，現在正要帶著遺體回故鄉。祐太郎看出應該是這麼一回事。他想像帶著兒子的遺體踏上歸途的母親心境。

『喪禮只辦家祭。我會再連絡，不好意思……』

對方就要掛電話，祐太郎急忙出聲：

「啊，ＤＶＤ！我借了ＤＶＤ給橫田，是紀念影片，這種時候說這種話真是很抱歉，可是我想要拿回來。橫田的電腦在那邊嗎？他之前是用電腦看的，光碟應該還沒有拿出來。」

祐太郎用擴音通話，好讓圭司也能聽見內容。

『電腦嗎？電腦的事我不懂，也許放在他住的地方。』

母親應該尚未平復到能夠平靜地談論兒子的事，話中不時停頓，像要鎮定情緒。從語氣也可以聽出她不想繼續多談的心情。祐太郎感到內疚，但裝成沒神經的傢伙，繼續說下去：

「呃，他住的地方……」

『英明在目白租的公寓。因為太突然了，那邊都還沒有動。宗介說要整理，等找到了再連絡你。』

出現新的名字了。

「宗介是——」

『宗介，他弟弟。』

那口氣像是預期他應該要知道。應該是橫田英明有個叫宗介的弟弟，那個弟弟也住在東京吧。

「喔，橫田的弟弟宗介，啊，我知道我知道。」

『你知道嗎？那我再請宗介連絡你。』

電話又要掛斷，祐太郎再次出聲：

「啊，不，我不認識宗介，只是聽橫田提過而已。啊，DVD搞不好放在信箱。之前有一次他那樣拿東西給我。他把要給我的東西放在信箱裡，讓我有空的時候自己去拿。我知道他的信箱怎麼開，我可以去看一下嗎？」

『這……嗯，請便。』

「我記得橫田的公寓是……呃，目白的……」

『叫目白維德的公寓。請自己過去拿吧。那麼我得走了，不好意思。』

再強迫對話未免殘忍，祐太郎不再開口，準備任由電話掛斷。然而母親沒有掛掉。

『你說你是真柴先生嗎？』

有一段像是打算要掛，又回心轉意的空檔。

「是的，我叫真柴。」

『你說你是英明的朋友？』

祐太郎強忍良心作痛，對著手機不停地點頭：

「對，我是他朋友。」

『謝謝你當他的朋友。我完全不知道他在這裡有朋友……』

吸鼻涕的聲音。

『他這孩子很內向，心裡的話都不敢說出口，老是被人看不起……』

祐太郎想要以朋友的身分，說幾句稱讚故人的話，卻完全說不出口。

『請你永遠記得那些美好的回憶吧。』

電話掛斷了。

「情緒很激動呢。」圭司操作著電腦說。

「孩子突然死了，這也難怪。」

祐太郎結束通話程式，深深地嘆了一口氣。

「為什麼要強調美好的回憶？難道發生過什麼不好的事嗎？」

「應該沒什麼特別的意思吧。」圭司想了一下搖搖頭說。「那不重要，我把公寓地址傳進你的手機了。」

「好，總之我先過去看看。」

目白維德是位於車站附近的老大廈。從房門的間隔來看，各戶坪數應該不怎麼大。祐太郎在信箱找到「橫田」的姓氏，前往二〇一號室。他按了門鈴，無人應答。確定走廊上沒有監視器後，他拿起掛在牛仔褲腰帶環上的鑰匙圈。上面除了自家鑰匙外，還各掛了一支探針和扳手。插進扳手，用探針尋找銷栓。與門鎖格鬥了三分鐘左右，祐太郎成功闖進了委託人橫田英明的住處。

裡面是簡單小巧的一房一廳一廚格局，但這個地點，房租應該不便宜。床鋪和桌椅等等，不少家具看起來要價不菲。各式各樣的樂器特別引人注目，有連接筆電的電子琴、連接小型機器的吉他，其他還有幾個裝在盒子裡的吉他或貝斯。母親似乎沒有過來這裡就回去了。衣物脫了亂丟，菸灰缸裡還有菸蒂。

望向架子，上面擺了許多樂譜。幾乎都是樂團譜。大多是海外的搖滾樂團。

架上有個布滿灰塵的相框朝下蓋著。祐太郎拿起它來。應該是很久以前的照片了，上面有一對年約四十的夫妻和兩個男孩。哥哥英明應該是小學高年級，弟弟宗介低年級。英明生了張大餅臉，眼睛細得就像張不開，中央是扁塌的蒜頭鼻，而且厚厚的嘴唇還邋遢地張著，完全就是張經典的醜小孩臉孔。旁邊的弟弟宗介相貌清爽帥氣，更突顯了他的醜陋。

「哥哥，加油啊。」祐太郎微笑之後，才想起哥哥已經死了。他望向在兩個孩子身後微笑的母親。

『謝謝你當他的朋友。』

祐太郎想起這句話，難過地將相框放回架上，這時門鈴響了。緊接著又響了一次。

祐太郎倒抽了一口氣。他期待對方會離開，但玄關門砰砰響了起來。祐太郎想起闖入之後，確實從房內上了鎖，要自己冷靜下來。不管對方是誰，一時半刻都進不來。

祐太郎小心不發出聲音，拔掉連接電子琴的線，將筆電塞進背包裡。掉在附近的電源線也放進背包。他躡手躡腳靠近玄關，拎起自己的運動鞋，折回房內。這段期間，門鈴又響了一次，對講機傳來聲音：

『我們是警察，有人在嗎？』

「警察？」祐太郎忍不住喃喃。

『我們要開鎖囉？』

「他們有鑰匙？」

祐太郎輕聲嘟噥，迅速檢查房間，確定有無遺漏。看上去除了背包裡的筆電以外，沒有可以保存資料的數位裝置。祐太郎穿上手上的運動鞋，打開面對屋後的窗戶，瞬間忍不住驚呼：

「真的假的！」

他以為這裡是二樓，但公寓似乎蓋在斜坡地上，後方地面比進來的正門低上許多。

『裡面是不是有人聲？』

對講機又傳來聲音。好像一直處在通話狀態。

『確實有。快點開鎖啊，幹嘛停手？』

與隔壁大樓之間有道柵欄。祐太郎確定這一點後，將背上的背包抱入懷中，躍出窗框。他的腳精準地落在柵欄上，任由失去平衡的身體傾斜落下，並蜷起身體，從背部著地，藉由打滾來分散衝擊。所有的動作都經過計算。

「可是還是很痛啊……」

啊，痛死我了——當祐太郎仰起身體爬起來時，聲音從天而降：

「喂，給我站住！」

抬頭一看，一名穿西裝的年輕男子從他跳下來的窗戶探出頭來。如果對方真的是警察，應該是刑警。背後露出中年男子的臉，但立刻消失了。祐太郎察覺他一定是想繞過正面樓梯追過來，拔腿就跑。他邊跑邊揹好背包時，聲音又從天而降：

「啊、站住！別跑！」

緊接著是一道鈍重的聲響。祐太郎驚訝地回頭一看，發現自己跳下來的地方竟倒著模樣比自己更慘的年輕刑警。他想要當作沒看見，逃之夭夭，卻辦不到。刑警一動也不動。

「哈囉？」祐太郎出聲。「呃，欸？你還好嗎？」

還是沒有回應。祐太郎提心吊膽地走近刑警。趴倒的刑警毫無反應。祐太郎蹲下來，把刑警的身體翻過來。額頭破了個口，血流不止。

「哇！看起來好痛。昏過去可能比較好。」

祐太郎站起來，掏出屁股口袋的手機。

「我馬上叫救護車。」

他叫出電話程式，才剛按了兩下「1」，腳踝就被一把抓住了。

「哇！」

祐太郎忍不住甩開那隻手，當場跳開。刑警撞破的額頭淌著血，瞪著祐太郎說：

「我記住你的臉了。」

刑警又伸手想抓他的腳。簡直像恐怖片。祐太郎看見中年刑警趕到便收起手機。

「被攻擊了嗎？你沒事吧！」

遠遠地跑來的中年刑警大聲吼叫。

「啊……不，這是誤會。我什麼都沒做，我是清白的。呃，我還沒叫救護車，需要的話自己叫一下喔！」

祐太郎朝著中年刑警喊道，對腳下的刑警說「啊，請保重」，拔腿就跑。

祐太郎聽著背後中年刑警的「站住！」與年輕刑警怨恨的「站住……」，穿過柵欄與大樓間的巷弄逃走了。

圭司將電源線接上委託人的筆電。

「這與其說是沒電了，電池根本壞了吧。」

圭司按下開關，筆電發出嗡嗡聲響，螢幕上作業系統正悠哉啟動著。

「這不直接操作，根本沒辦法。要你去拿是對的。」

圭司變換輪椅角度，打開土撥鼠的螢幕。

「什麼對的，圭，你沒聽見我的話嗎？都是因為你叫我去拿電腦，害我被警察追。刑警自己受了傷，卻怪到我身上，還說什麼『我記住你的臉了』，看他一副會記恨一輩子的表情，真的沒問題嗎？不會隨便掰個罪狀，把我逮捕吧？」

「放心，這類案子舞最起勁了。她一定會好好替你辯護的。」

圭司指著天花板說。

「別拿被逮捕為前提安慰人好嗎？想一下避免被捕的方法吧！」

「不要被查出身分就沒事了。」

「萬一被查到的話呢？」

「怎麼查？」

「就是喏，地毯式打聽，或是人海戰術……」

「警方才不會為了非法侵入民宅費這麼大的工夫。」

「這是執行業務中的意外吧？身為雇主，你應該更設身處地為我著想一下啊。」

祐太郎詰問著，圭司厭煩地仰望他：

「你到底要我怎樣？」

「既然刑警會找上門，表示委託人橫田一定被捲入了案件。讓我看一下委託刪除的資料吧，或許可以知道什麼。只要能提供線索給警方，刑警應該就會放過我了。」

「資料不能給任何人看。一旦確定委託人死亡，就必須在不為人知下刪除。這是咱們的工作。」

「你老是這樣說，可是之前也有幸好看了內容的例子吧？」

圭司蹙起眉頭，眼珠子朝斜上方瞪了半晌，接著轉向祐太郎，不解地反問：

「有嗎？」

「呃，當然有吧？從來沒有一次是後悔看了內容的吧？」

圭司又想了一下，說：

「我覺得幾乎都是即使看了內容，結果也沒有任何影響。既然沒有影響，那就是敬意的問題。委託人託付給我們的，是他們最脆弱、最柔軟的部分。隨便觸摸，你不覺得對死者太不敬了嗎？」

「敬意——這、唔，我是瞭解啦。」祐太郎說。「可是喏，都有刑警受傷了。」

看到委託人的電腦作業系統總算啟動後，圭司敲打土撥鼠的鍵盤。

「啊，先不要刪啦。」祐太郎急忙說。「我知道這是敬意的問題，可是我也不想被警方藉故逮捕。所以你什麼都不用做。你現在尿急對吧？快憋不住了對吧？快點去廁所吧，土撥鼠就先放著別動。」

「我又不想上廁所。而且這次的情形，看來沒有任何東西可以看。」

「咦？沒有東西可以看？」

圭司把土撥鼠的螢幕轉向祐太郎。資料夾裡排滿了相同的圖示。

「委託刪除的資料全是音檔。從副檔名來看，是音樂檔案吧。可能是某些曲子吧。」

「曲子？橫田先生作的曲子嗎？」

祐太郎告訴圭司，委託人的住處有許多樂器和樂團譜。

「委託人可能是個作曲家。」圭司微微頷首說。「委託刪除的可能是製作到一半的曲子，或是失敗作，也可能是靈感的片段。總之，委託人認為這些東西不該在自己死後繼續留在世上。就算讓刑警聽到這些，他們也不會開心吧？我要刪了。」

圭司把土撥鼠的螢幕轉回自己那裡。

「等一下，那真的只是曲子嗎？有沒有可能是偽裝成音檔的其他檔案？聽聽看就知道了，讓我聽一下嘛。」

圭司抬頭，直瞅著祐太郎。接著他靠到輪椅背上，沉聲問：

「到底是什麼？給我說。」

「咦？什麼？」

「你非確定資料內容不可的理由。你在隱瞞什麼？」

「啊……」祐太郎語塞，接著想要笑著打馬虎眼，但最後還是放棄掙扎。「我弄掉了。」

「弄掉什麼？」

「駕照。」

「掉在哪？」

「不記得了，可能是跳下窗戶的時候掉的吧。」

「被刑警撿走了嗎？」

「啊，可是跟各種店家的會員卡放在同一個套子裡，感覺不像證件夾，或許不會被注意到。」

「但也可能被注意到？」

「呃，嗯，可能會被撿起來。」

圭司發出傻眼到家的嘆息，敲打土撥鼠的觸控盤。還以為他一怒之下刪掉了資料，結果不是。土撥鼠傳出音樂來。

「都怪你說了太白痴的事，害我手滑了。」

圭司說著，移動輪椅，離開辦公桌。

「啊，你要去哪？」

「小號。我憋很久了。」

圭司操作輪椅，一下就離開事務所了。廁所的話，事務所裡面也有，應該是在表示奉陪不下去吧。

「給你添麻煩了。」

祐太郎向圭司離開的門行了個禮，繞過辦公桌，探頭看土撥鼠的螢幕。如果那一整排的圖示，每一個是一首曲子，那麼委託刪除的資料夾裡就裝了四十多首曲子。現在正在播放的，是感覺旋律琅琅上口的樂團曲。檔案名是「sayonaranokatati」，曲名應該是〈再見的形狀〉。沒有人聲，由電子琴演奏主旋律。

祐太郎聽了一陣子後，跳到下一首曲子。檔案名是「clockworkdog」，〈發條機械狗〉嗎？一樣是吸引力十足的樂團曲旋律。如果這些曲子是委託人橫田英明做的，那麼他應該相當有才華。奔騰的節拍、起伏的旋律，不知不覺間，身體隨之晃動起來。祐太郎聽了一會兒，換到下一首曲子。檔案名是「flowing」。曲風一變，中板速度的揪心旋律流瀉而出。這首曲子也沒有人聲，但光是旋律，就讓人心中浮現景象。就像是在夏季尾聲，與尚未成為戀人的心上人走在堤防路上。在一旁潺潺流過的河川。暮蟬的鳴叫聲。淡淡的情愫。令人心痛的單相思。

約三十分鐘後，圭司回事務所來了。祐太郎正在聽第十首曲子。

「發現什麼了嗎？」

「沒有發現，不過這首如何？」

祐太郎指著土撥鼠說。檔案名是「silentorion」，可能是〈沉默的獵戶座〉。是格局壯闊的敘事曲。冬季夜晚，一個人躺在山丘上仰望著星空。遼闊的太空。在其中閃爍的無數星塵。比星塵更渺小的自己。感覺就像永恆的遙遠距離。

「很不錯的曲子吧？」

祐太郎問，圭司聽著播放的曲子，點了點頭：

「是啊，如果配上抒發青春煩惱的歌詞，讓臉蛋漂亮的女歌手來唱，應該會大賣。」

「咦？居然是這種評價？我覺得這首曲子很不錯啊。」

「所以我同意啊。」

「剛才那算同意嗎？」

「是同意啊。可以關了嗎？」

「既然都聽了這麼多了，讓我全部聽完吧。」

祐太郎跳到下一首曲子。這首的旋律一樣十分吸引人，他正用腳打著節拍，忽然發現他聽過。

「嗯？怎麼回事？」

祐太郎指著土撥鼠說。圭司回到老位置，看向祐太郎指的土撥鼠螢幕，抬頭問：

「什麼怎麼回事？」

「這個啊。這曲子你聽過吧？『碰撞』的。」

「碰撞？」

「『碰撞偵測』，樂團啊，很紅的。」

「好怪的樂團名。」

「會嗎？哦，我對樂團也不是很熟悉啦，可是也知道這首曲子。〈群星敘事曲〉。」

看了一下檔案名，確實是「kuzuboshinoballad」。

「這首歌在兩年前紅極一時。這是電影主題曲，電影也非常賣座，所以電視和廣播成天都在播。咦？圭沒聽過嗎？」

「沒有，就算聽過也不記得。」

「居然不認得這首曲子，你到底過著什麼樣的生活啊？」

祐太郎本身對流行算是生疏的，但當時到處都在播放這首曲子，日常生活中想要不聽到才難。不管是便利超商還是餐廳，只要上街，就能聽到它的旋律，自然而然便記了起來。想到這裡，祐太郎再次望向圭司的輪椅。圭司平時任何事都不假他人之手，因此忍不住就忘了，但他應該沒辦法像健全者一樣，想上街就想上街吧。

圭司不悅地冷哼一聲，祐太郎把目光從輪椅移回他身上。圭司對同情非常敏感。祐太郎想要解釋他的眼神不是那種意思，但圭司搶先開口了：

「那，委託人的電腦裡有這首曲子，有什麼奇怪的嗎？」

「有可能是他喜歡這首曲子，自己演奏之後錄下來，但那樣的話，為什麼要特地放進委託刪除的資料夾裡？」

「你本來認為這些曲子都是委託人作曲的吧？那麼認為這首曲子也是委託人作曲的才合理。委託人作曲，那個叫碰撞什麼的拿去演奏，委託人打算在死後將電腦中自己作的曲子全部刪除。」

「啊，原來如此。哦，因為這首曲子實在太紅了。太厲害了，原來橫田先生是〈群星〉的作曲家啊。」

這麼說來，他住的大廈在山手線沿線車站附近，家具看起來也都很高級。

祐太郎正自佩服，圭司的手伸向土撥鼠之外的其他桌電，叫出搜尋畫面，迅速敲打鍵盤。畫面出現「碰撞偵測」的官方網站。

「『碰撞偵測』是五年前成軍，所有的樂曲都是……橫田宗介寫的。」

「咦？不是橫田英明嗎？」

「是橫田宗介。吉他手兼主唱。」

圭司把橫田宗介的照片叫出畫面。那是個長相纖細俊秀的男子，銳利的眼神挑釁地看著鏡頭。那張照片與全家福照片上的弟弟的臉重疊在一起。

「啊，宗介！這個橫田宗介就是委託人的弟弟嗎？」

「從生日來看，小三歲吧。」

看起來實在不像三十二歲。照片上的橫田宗介看起來更年輕，或者說更稚氣。

「原來橫田先生是『碰撞』的主唱的哥哥啊。」

祐太郎播放下一首曲子。檔案名稱是「loudspeaker」，感覺也曾經聽過。

「這大概也是『碰撞』的曲子。這也是橫田宗介作曲？」

「官網上是這樣寫的。」

「我可以看一下嗎？」

祐太郎徵求圭司的同意後，手伸向桌電的滑鼠，比對「碰撞偵測」過去的樂曲和筆電資料夾中的檔案名。約四十多個檔案裡，大多數的檔案名都與「碰撞偵測」樂團的作品相同。

「橫田先生把弟弟作曲的音檔存在電腦裡，委託我們刪除嗎？這是什麼狀況？從電腦裡面看得出什麼嗎？」

「這台電腦幾乎就只有這些音檔。雖然也可以救回刪除的檔案，但應該找不到什麼吧。裡面沒有郵件軟體，瀏覽器的搜尋記錄也沒什麼東西，應該很難從這裡看出委託人的私生活。」

「就沒辦法查到什麼嗎？這樣的刪除委託實在太奇怪了吧？」

如果他們兄弟之間有什麼糾紛，現在仍為時未晚，祐太郎想要看看有無和解之道。

「你說的什麼惡意軟體，那個要怎麼弄？」

「如果委託人用的是智慧型手機，可以透過簡訊傳送訊息，查出位址，送出惡意軟體。手機現在在委託人母親手上吧？」

「意思是要欺騙老人家？」祐太郎板起臉孔。「好像電話詐騙。」

「我只是說也有這種方法。是你問我的。」

「就沒有其他辦法嗎？」

「其他辦法喔……」

圭司喃喃，輕哼一聲，將USB隨身碟插進土撥鼠。他操作了土撥鼠一會兒後，拔起隨身碟，遞給祐太郎。

「我把委託刪除的檔案夾複製到這支隨身碟裡面，從電腦刪除了。」

祐太郎收下隨身碟。

「我預計會在明天，以匿名方式將這台筆電寄回委託人的住址。那些音樂檔案要如何處置，交給你決定。」

「咦？」

「不過，別忘了對死者的敬意。」

「敬意？啊，敬意，嗯。」

圭司把委託刪除的資料交給祐太郎。他從來沒有這麼做過。祐太郎儘管困惑，仍將隨身碟收進自己的背包裡。

「欸，圭，意思是我可以照我的方法去做嗎？」

圭司以問題回答祐太郎的問題：

「你會想要知道委託人要求刪除的意義，是為了防備可能找上門的刑警嗎？還是認為或許可以安慰委託人的母親？或者只是一種自我滿足？」

祐太郎答不出來，圭司說：

「你要搞清楚。否則會陷進去。」

「陷進去？」

祐太郎反問，但圭司沒有回答。祐太郎不懂是自己的能力獲得肯定，還是被放棄了。他不再追問，正準備打開事務所的門，這時圭司出聲了：

「啊，對了。」

祐太郎回頭看圭司。

「你說你會來這裡，是因為你有這裡的名片吧？」

祐太郎回想起第一次拜訪這家事務所的情形。才短短半年前的事而已，卻覺得恍如隔世。

「啊，對啊。在那之前，我算是幫人跑腿的自由工作者，在各處接受人委託，做各種差事，藉此糊口。透過那些差事認識的人，有時候會給我連絡方式，叫我缺錢的時候連絡他們。我家有個盒子專門放這些連絡資料，裡面就有這裡的名片，我正在猶豫下一份工作的時候，看到這裡的名片，覺得應該是家正派公司，就連絡了。」

雖然也沒有想像中的正派——圭司沒有理會最後這句玩笑話。

「名片是誰給你的？」

「不記得了耶。應該是在哪裡認識的人欣賞我，才會給我的吧。啊，可是那樣也很怪呢，這裡的員工就只有圭一個人嘛，應該也不是舞小姐給我的。這麼說來，是誰給我的呢？」

圭司本來要開口，又搖了搖頭：

「不知道就算了。辛苦了。」

祐太郎不懂為何圭司現在才又好奇起他會來這裡工作的經緯，但這氣氛也不好詢問他這麼問的用意。

「啊，嗯，我先走了。」

祐太郎回到位於根津的家，玄關門沒鎖，青梅竹馬的藤倉遙那和小玉先生正在等他回來。祐太郎把家裡的鑰匙給了遙那，以便在不能回家時拜託她照顧小玉先生。雖然這種情形尚未發生過，但每個月遙那都會為了白吃晚飯而跑過來幾次。

遙那仰躺在榻榻米上，小玉在她的肚子上任憑擺布。

「你回來了，祐哥。」

小玉先生揮揮手，接著就像跳阿波舞（註1）似地跳起舞來。前腳被人任意操縱，小玉先生一臉眼神死的表情。

「我回來了，今天——嗯？夜班嗎？」

遙那是護士，上班時間每天都不一樣。遙那爬起來，小玉先生趁機逃離她的魔爪，投奔祐太郎腳下。

「上完夜班又繼續工作到中午，回家睡覺，醒來後就過來這裡了。晚飯吃那個好嗎？」

遙那指著矮桌說，上面擺著兩個外賣便當。

「我家附近新開的便當店很好吃，我也幫你買了一個。炭烤魚超美味的！」

「哇，謝謝！」

祐太郎猜測，遙那應該是為了味噌湯而來，於是放下背包，前往廚房，用冰箱裡剩下的蔬菜迅速做起味噌湯。

「叔叔跟阿姨呢？」

「還是一樣，丟下女兒，兩個人享福去了。昨天就去溫泉旅行了。就算在家，也沒人陪我一起吃飯。」

味噌湯完成後，祐太郎也為小玉先生準備了貓食，和遙那一起打開便當。

「看起來確實很好吃。」

「最近晚餐我有一半都吃這家，被店裡的大嬸記住了，大嬸還說：都幾歲的小姐了，天天吃便當對嗎？你說，便當店講這種話對嗎？」

「妳怎麼回答？」

「我說我要學習這裡的便當味道，以後才能做出好吃的飯菜。結果從此以後，每次去大嬸都不停地教我怎麼煮菜。像今天，還差點把我拉進廚房呢。」

兩人閒聊了一會兒，但沒多久祐太郎就發現遙那不停地在偷瞄他。看來她的目的不只有味噌湯而已。遙那不知道第幾次偷瞄的時候，祐太郎抓住時機笑道：

「幹嘛？是什麼難以啟齒的事嗎？有煩惱我可以讓妳傾吐。」

「也不算煩惱啦。」

遙那放下筷子，清了清喉嚨，不急不徐地改為跪坐。祐太郎被她的態度嚇到，也放下筷子，正襟危坐。氛圍突然改變，小玉先生詫異地抬起頭來。

「最近我們醫院來了個新的護士。年紀比我大很多，也比我資深，她昨天跟我說了奇怪的事。」

「奇怪的事？」祐太郎問。「怎樣的事？」

註1：發源於德島縣（古時為阿波國）的中元節盆舞，以手部動作為特徵。

「算是傳聞嗎？有點像都市傳說。」

遙那欲言又止了好一會兒。但小玉先生和祐太郎耐著性子等著，她終於娓娓道來：

「是她以前待的大學醫院發生的事。她說那家醫院進行過新藥的臨床試驗。你知道臨床試驗吧？是為了確定新研發的藥物效果而進行的實驗。」

「嗯，我知道。」祐太郎點點頭。

「我想也是。」遙那也點點頭。「那盲測呢？」

「大概知道。」祐太郎點點頭。

祐太郎知道的臨床試驗，是將受試病患分成兩組，一組服用新藥，另一組服用對身體沒有影響的安慰劑，比方說葡萄糖。病患不知道自己服用的是哪一種。然後觀察兩組的狀態，來確定藥物的效果。

「在臨床試驗中，有一名病患過世了。家屬懷疑是新藥的副作用導致，但院方說明該病患服用的不是新藥，而是對身體沒有影響的安慰劑。不過醫院人員都在傳，說那名病患服用的其實是新藥，是因為新藥的副作用而過世的。」

邊說邊觀察祐太郎表情的遙那放低了聲音說：

「抱歉，你不想聽到這種事呢。」

遙那明白，這件事對祐太郎而言有什麼意義。

「這……」

祐太郎閉上了眼睛。

燦爛的陽光。夏季的庭園。水管噴灑出來的水。淡淡的彩虹。戴帽子的少女。回首輕柔地一笑。身後搖擺的向日葵。

「妳覺得那個護士說的是鈴？」

吹動向日葵的風，「叮鈴」一聲吹響了屋簷下的風鈴。

祐太郎緩緩地張開眼睛。他真的太久沒有說出妹妹的名字了。他不知道自己現在是什麼表情。

遙那對祐太郎的問題點了點頭：

「那個護士以前任職的大學醫院，就是小鈴以前看病的醫院，相和醫大附屬醫院。而且她還說，那次臨床試驗，是在國家將新藥研發納入成長策略之一的時期進行的，所以……」

遙那在此時打住，搖了搖頭：

「抱歉，祐哥，還是別說了。」

「沒關係，妳繼續。」

遙那探詢祐太郎的表情。祐太郎露出笑容，遙那才繼續說下去：

「被害人家屬挺身揭發真相，但是很快就被打垮了。藥廠為研發砸下鉅資，醫大和附屬醫院都得到那家藥廠莫大的資助，而且厚生勞動省也將醫藥產業列入國家成長產業之一。這些勢力群起圍攻，打壓被害人家屬。」

祐太郎感到一陣輕微的眩暈，仰望天花板，緩緩地吐了一口氣。

「真的嗎？小鈴死掉以後，真的發生過這種事嗎？」

妹妹死於新藥的臨床試驗。後來網路上充斥著對家屬的中傷。遙那所知道的就只有這些。

「祐哥還有叔叔阿姨，遇到了什麼我不知道的事嗎？」

「沒那種事。」祐太郎垂下視線，對遙那說。「我們家的人懷疑是副作用，準備對醫院提告，這是真的。網路上說我們這些家屬貪得無厭，想要把臨床試驗的意外歸咎於國家，要求國賠，但我們根本沒有這種念頭。我們只是想要知道真相而已。雙方請了律師談判，院方詳盡地說明，我爸媽也接受了，撤銷提告。發生的事就只有這些。不過，那個傳聞的源頭是我們家呢。那應該就是在說鈴吧。」

「真的嗎？」遙那輕聲問。「真的沒有人對失去小鈴而受傷的祐哥還有叔叔阿姨莫名地施壓嗎？」

見遙那眼眶泛淚地看著自己，祐太郎對她笑道：

「失去鈴讓每個人都受了傷。我們家因為承受不了那種傷痛，變得四分五裂。可是，這不是任何人的錯。只是我們都太軟弱了。鈴死後發生的事，就只有這些。」

祐太郎說完後，鬆開跪坐的腳，重新拿好筷子。

「這個便當真的很好吃。」

事實上，炭烤鯖魚即使涼掉了依然美味。這如果是九年前，自己一定會哭。妹妹都死了，居然還能覺得食物美味，這讓當時的祐太郎無法原諒自己。在學校，他好幾次邊吃便當，差點掉下眼淚。他不想被人發現，漸漸遠離了高中。

「對不起，說這些莫名其妙的事。」

遙那又道歉了。祐太郎不知道該怎麼回話，這時玄關傳來拉門「喀啦啦」地打開的聲音。人聲緊接著響起：

『真柴祐太郎在家嗎？』

聲音不怎麼大，但很嘹亮。音色中帶有尖銳的敵意。小玉先生朝那裡露出警覺的眼神。祐太郎和遙那對望了一眼，站了起來。

「怎麼了？」

「不知道。感覺有點危險，妳待在這裡。」

祐太郎留下這話，開門出去，小玉先生搶先穿過祐太郎的腳去玄關了。祐太郎就像被小玉先生引導似地前往玄關，門口站著一個似曾相識的男人。三十歲左右，身高中等，體型清瘦。眼稍微微上揚，相貌銳利。

「真柴祐太郎？」

來人穿著黑色薄大衣和暗紫色毛衣，底下是黑色緊身牛仔褲，腳上是尖頭黑皮鞋，雙手插在大衣口袋裡，下巴微微上揚。

「我是，什麼事？」祐太郎應道。

「來給你送還失物。」

男子從大衣口袋抽出手來，食指中指夾著皮套，向祐太郎遞出去。那本來是面紙套，是幾年前生日的時候遙那送他的禮物。祐太郎沒有帶面紙的習慣，所以拿來裝駕照和店家會員卡。

「啊，謝謝，太好了。在哪裡撿到的？」

祐太郎伸手，男子卻舉起手來，挪走了皮套。

「這東西掉在我哥的住處。」

聽到這話，祐太郎總算想到對方是誰了。他不曾直接見過面，難怪想不起來。

「橫田宗介？」

背後傳來高亢的聲音，祐太郎回頭，發現遙那伸出右手從祐太郎肩後指著對方，左手用力甩動著。

「咦咦！為什麼橫田宗介會在這裡！你是『碰撞』的橫田宗介對不對！」

橫田宗介的表情就像看到什麼討厭的東西。

「我的粉絲嗎？」橫田宗介說。

那冷漠的語氣潑了遙那一頭冷水。

「不可以用手指人家。」祐太郎姑且規勸道。

「啊，說的也是。」遙那向祐太郎點點頭，收起指頭，「對不起，也不算粉絲啦。」她向橫田宗介行禮說。「只是突然看到名人，嚇了一跳而已。」

「喔，是喔。」橫田宗介說，視線回到祐太郎身上。「駕照還你，但你拿走的東西還來。」

「什麼意思？」

「我剛才去了我哥的住處，他的筆電不見了。立刻把筆電還來。你是闖空門的嗎？我還沒有報警。」

祐太郎的背部被指頭用力扎入。遙那在他耳邊細語：

「祐哥，你做了什麼？」

「呃，也沒什麼……」

「快點拿來。我可沒那麼閒。」

「祐哥，你做了什麼壞事嗎？」遙那又再追問。

「不，我沒做壞事。嗯。」

橫田宗介冷不防一腳踹飛祐太郎放在玄關的運動鞋，破口大罵：

「猶豫什麼！快點拿來！不然我要上警局了！」

從脫鞋處被踢上來的運動鞋飛過祐太郎旁邊，落向走廊另一頭。就在小玉先生和祐太郎呆呆地看著它的去向時，一道低沉的吼聲響了起來：

「你幹什麼？」

小玉先生和祐太郎把頭轉回來，看見橫田宗介整個人僵住了。

「呃，遙那……小姐？」祐太郎說。

「大吼大叫的，你吵不吵啊？又不是聽不見，是不會正常說話嗎？再說，你有膽上警局嗎？」

「呃，這是在說什麼？」祐太郎問。

遙那瞪了橫田宗介一會兒，取出自己的手機，默默地操作，將螢幕轉向祐太郎。是影劇新聞的網頁。祐太郎接過手機，讀起標題：

「人氣樂團主唱與藥頭不可見人的關係？」

「大概兩個月前，這個人被週刊拍到在新宿的酒吧，跟一個據說是藥頭的男人一起喝酒，狀似親密。這個消息讓電視談話節目沸沸揚揚地鬧了好一陣子。這樣一來，警方應該也不會坐視不理吧？搞不好已經開始偵辦了。」

「啊，原來是這樣。」

「這是兩碼子事。我的意思是，把你偷走的東西還回來，我可以不予追究。」

「什麼偷，祐哥才……」

遙那反駁到一半，被祐太郎制止了：

「遙那，沒關係。」

祐太郎把手機還給遙那，轉向横田宗介。

「筆電的話，不在這裡，在別的地方。本來預定要寄回横田先生的住處，但如果其他地方比較好，我可以轉寄去那裡。」

「你不是闖空門的？」

「我是被拜託的。横田先生拜託的。」

聽到這話，横田宗介似乎總算對祐太郎產生了興趣，目不轉睛地觀察他。

「你是我哥的什麼人？」

平常的話，祐太郎會隨便掰個關係，但他對横田英明幾乎一無所知，而且對方是弟弟，他只能在可以透露的範圍內誠實回答。

「我不是他的什麼人，只是他拜託我一件事。但我沒有見過他本人。」

「拜託你什麼事？」

「無可奉告。我答應橫田先生要保密。」

橫田宗介更進一步打量似地看過祐太郎後，從大衣內袋掏出一張邊角折到了的名片：

「明天，明天把東西拿到這間錄音室來。」

是新宿一家錄音室的名片。

「明天我一整天都在那裡。把筆電拿來，就把駕照還你。」

橫田宗介轉身要開門，祐太郎開口：

「呃，橫田先生的喪禮要在老家辦對吧？你不去嗎？」

橫田宗介回頭，惡狠狠地瞪祐太郎：

「你怎麼會知道？」

「啊，我跟令堂稍微談過。」

橫田宗介似乎試著想像那是什麼狀況，但立刻放棄了：

「好像是後天，但我可沒那麼閒。我媽也叫我不用回去。」

「橫田先生的死因是什麼？」

「笨啦。他是笨死的。」

橫田宗介打開拉門，祐太郎對著他的背影又說了：

「警察去過橫田先生的住處，你知道為什麼嗎？」

橫田宗介回頭：

「警察？」

從他的反應看來，似乎不知道有警察上門。應該是刑警離開之後他才到公寓。

「應該是去打聽你的事吧？」遙那插口。「警察不知道你哥死掉，去盤問他的傻弟弟幹的好事，不是嗎？」

應該不是。這樣無法解釋刑警為什麼會有那裡的鑰匙。祐太郎這麼想，但他想知道橫田宗介的反應，因此沒有多話。

橫田宗介想對遙那說什麼，但似乎又打消了念頭。

「明天。別忘了。」

他對祐太郎丟下這話，離開了。

隔天，祐太郎前往「dele. LIFE」，向圭司說明昨天的事。

「警方持有鑰匙，我認為是警方得到家屬——大概是母親的許可，進入橫田先生的住處。但母親沒有告訴宗介這件事。關於這一點，圭，你有什麼看法？」

「這表示委託人的死亡可能牽涉到犯罪嗎？警方要求來領取遺體的母親同意調查死者住處。母親不想讓名人的小兒子煩心，所以沒有告訴他。因為有可能引起騷動，所以也叫他不用回家參加喪禮。大概是這樣吧？」

前半同意，但後半祐太郎有不同的看法。

「死亡牽涉到犯罪，表示有可能是他殺嗎？」

圭司操作桌電的滑鼠和鍵盤，將螢幕轉向祐太郎。

「昨天你回去以後，我找到這樣的新聞。」

是三天前的新聞。

一名男子突然在池袋的馬路昏倒，被緊急送醫，後來因為心臟衰竭而過世。警方正在追查詳細死因和男子的身分。

「沒有後續報導。」圭司等祐太郎看完後說。「如果有強烈的犯罪嫌疑，應該會有後續報導才對。既然沒有，表示不太可能是他殺。」

或許如此，但祐太郎想到的是其他的可能性。

「或者是還在偵辦當中？因為就快追查到兇手了，所以警方沒有把消息透露給媒體也說不定。」

圭司想了一下，點了點頭：

「說的也是，也有這個可能。」

「總之，我先把這個拿去還。」

祐太郎帶著筆電，前往橫田宗介指定的錄音室。

地下一樓、地上三樓的大樓，似乎每個樓層都各有一間錄音室。櫃台沒有人，不過從掛在旁邊的白板來看，「碰撞偵測」租用的是地下最大的一間錄音室。

前往地下一看，有個像會議室般擺著大桌子和椅子的空間，橫田宗介吊兒啷噹地坐在一把椅子上。沒有別人。裡面的門開著，可以看見錄音室內部，但那裡也沒有人。

「你一個人？」祐太郎問。

「現在才上午十一點，全日本的音樂家都還在睡覺。」

「那你呢？」

「沒睡到。從你家過來這裡，彈著吉他，不知不覺天就亮了。然後我喝起啤酒，反而愈來愈清醒。」

桌角雜亂地擠著一堆空啤酒罐。祐太郎放下背包，取出裡面的筆電。橫田宗介把筆電拖過去，摸索掛在椅背上的大衣口袋，掏出裝駕照的皮套，遞給祐太郎。祐太郎接過皮套後，橫田宗介便舉起空掉的手，就像在說：拜了。

照理說，祐太郎的正事這樣就辦完了。交出去的筆電裡沒有橫田宗介所期待的東西。接下來只要把背包裡的隨身碟處理掉，就如同橫田英明委託的，音樂檔案將永遠從這個世界被刪除。

然而祐太郎把皮套塞進牛仔褲袋後，拉過附近的椅子坐了下來。

「曲子是橫田英明先生作的。你把他作的曲子當成自己的作品，對吧？」

橫田宗介慵懶地抬頭看祐太郎：

「我哥告訴你的？」

「不是。橫田先生的住處有齊全的作曲器材，電腦裡的曲子幾乎都是『碰撞』的歌曲。而且筆電不見，你卻沒有報警，而是直接來找我，所以只能這樣推測了。橫田先生是『碰撞』的音樂的幽靈作曲家。歌詞是不是也是橫田先生寫的？」

「那又怎樣？你要向世人控訴，說我是冒牌貨？」

「其他成員知道嗎？」

「不知道啦。那夥人只知道拚命練習，期待大紅大紫。只要能紅，他們就滿足了。如果演歌當道，他們從今天起就會改唱演歌，曲子是誰寫的，他們根本不在乎。所以只要殺了你，世上就沒有其他人知道這個祕密了。居然傻呼呼地跑來指定的地點，你也太老實了。」

祐太郎嚇了一跳，東張西望，但沒有任何危險降臨的跡象。橫田宗介捧腹大笑。他舉起新的啤酒罐，就像在問：要喝嗎？祐太郎覺得氣憤，不理他。橫田宗介逕自喝起舉起來的啤酒。

「弟弟掠奪自己的才華，以人氣樂團的主唱自居，橫田先生作何感想？」

「我已經給了他足夠的金錢補償。搖滾歌手能得到的東西就只有兩樣，女人屬於我，錢屬於我哥，沒什麼好抱怨的吧？」

「名聲呢？讚賞呢？」

「想要那種東西，就該去當政客。比起搖滾歌手，當政客更輕鬆容易多了。」

「怎麼會變成這樣？橫田先生的作品，用橫田先生的名義發表就好了啊。哥哥創作，弟弟唱歌，這樣不是很棒嗎？何必像這樣欺騙大眾？」

說到一半，橫田宗介已經開始玩起手機來了。祐太郎以為他是故意不理，正覺得生氣，結果不是。很快地，橫田宗介便把手機從桌上滑過來。祐太郎拿起滑到手邊的手機，畫面上是一張男人的照片。祐太郎無可置評，望向橫田宗介。

「你真的沒見過我哥本人呢。」

「這……」

「沒錯，難得一見對吧？」橫田宗介笑道。「他從小就是島上赫赫有名的醜八怪，甚至有人專程跑來我家看他到底有多醜。」

應該是出其不意拍下的，照片中的男子對著正面的鏡頭露出吃驚的表情。旁邊都是機材，應該是在作曲。

「而且他本來就肥，搬來東京以後變得更肥。死掉的時候，我看應該有一百三十公斤吧。他在池袋的馬路上昏倒，有人幫忙叫救護車，可是三個急救隊員合力都沒辦法把他搬上擔架，好像連路人都看不下去，幫忙一起搬。」

口氣充滿了譏嘲。祐太郎猜想，這張照片也是為了嘲笑委託人的外表而拍的。

橫田宗介傾斜罐子，喝光剩下的啤酒，將空罐滑向空罐堆。

「所以怎樣？」祐太郎問。

「所以啦，這可是搖滾樂呢。聽眾是在音樂中追尋幻想。如果創作者像這樣又肥又醜，是要他們怎麼幻想？本來能紅的歌都紅不了了。」

還來——橫田宗介伸手表示，祐太郎把手機從桌面滑回去。

「你是想說，他心臟衰竭是因為太胖？」

「也許吧。肥胖有害健康。」

「他的死因不是太笨嗎？」

「啥？」

「過度肥胖確實有可能引發心臟衰竭，但是只因為肥胖，就會心臟衰竭嗎？是不是還有更重要的原因？」

「原因？」

「像是濫用藥物。」

橫田宗介的眼睛凌厲地一閃。那毫無疑問是強烈的暴力衝動。祐太郎以前四處替人跑腿時，曾多次看到這樣的眼神。

「你用某些方法提供橫田先生毒品，橫田先生因為這樣，引發心臟衰竭而死。警方驗屍之後發現疑點，調查了橫田先生的住處。你會和藥頭接觸，不是為了自己要用，而是要供橫田先生吸食。橫田先生是不是開始要求得到正當的評價？你害怕真相公諸於世，所以殺了橫田先生、殺了你的親哥哥。」

「白痴，滾回去！」

「而你母親隱約察覺了這件事。因為她察覺了真相，所以不准你參加喪禮。你……」

「我再說一次。」

橫田宗介打斷祐太郎，豎起一根指頭：

「白痴，滾！」

這時，橫田宗介眼中攻擊的目光已經消失了。祐太郎從椅子站起來。

「筆電裡有橫田先生作的新曲對吧？未發表的曲子。」

「從上一張專輯以後，他已經八個月沒給我新曲了。這八個月之間，他應該作了幾首吧。畢竟他除了作曲之外，別無是處。」

「喔，橫田先生除此之外別無是處嗎？」

祐太郎忍不住喃喃。橫田宗介又開了一罐啤酒，已經不再看祐太郎了。祐太郎背對著邋遢散漫地喝個不停的橫田宗介，離開錄音室。

「一想到除了作曲之外別無是處的橫田先生最後刪除的是那些曲子，總覺得……」

祐太郎疲累地躺在他的老位置沙發上說。

「對橫田先生而言，冒牌貨演奏的音樂就是他的一切。」

祐太郎拿起仍無法丟棄的隨身碟。

「我認為橫田先生發現宗介的殺意了，所以才會委託我們。如果弟弟沒有殺死自己，公開真相，那是最好的。但如果宗介殺了自己，新的曲子就會被刪除，宗介永遠都別想得到它們。」

默默聽到最後的圭司問：

「你要怎麼處理？」

祐太郎將高舉的隨身碟握進手中：

「這是橫田先生的作品，我想交給他母親，但如果這麼做，依然有可能落入宗介手中。還是不能這麼做呢。」

「要銷毀嗎？」

「是啊。少了橫田先生的曲子，樂團應該很快就撐不下去了。橫豎警方都在行動了，宗介被捕，也只是時間的問題吧。」

祐太郎說道，撐起身體。

「結果就算不打開檔案，結局還是一樣。圭，就像你說的。」

圭司什麼也沒說，伸出手來。祐太郎走過去，將隨身碟交到他手中。圭司將隨身碟插進土撥鼠，操作觸控盤。最後用手指敲了一下盤面。確定之後，祐太郎回到沙發，又躺下來閉上了眼睛。

隔月，「碰撞偵測」宣布解散。原本預定的演唱會全數取消，已經售出的門票接受退票。這過於突如其來的解散引發種種臆測，但臆測很快就集中為某個預測：

〈橫田宗介落網倒數計時？〉

祐太郎在網路上看到這樣的新聞標題。沒多久，以池袋為中心活動的販毒集團被警方破獲，在網路上引發軒然大波。因為被逮捕的其中一人，就是週刊揭露與橫田宗介過從甚密的男子。

橫田宗介應該會被逮捕。但罪狀不是吸毒，而是殺人罪。祐太郎如此期待，然而後來過了許久，都沒有看到橫田宗介被捕的消息。

「橫田宗介怎麼了呢？」

祐太郎走在人行道上說。這天工作結束的傍晚，祐太郎邀圭司一起去吃飯，圭司難得答應了。圭司好像有想去的餐廳，兩人搭計程車來到澀谷附近。

「網路上各種消息滿天飛，像是橫田宗介正計畫逃亡海外，或已經出國了。不過這件事也已經差不多退燒了。」

「碰撞偵測」解散過了一個月，世人的關心迅速地淡化。兩人的母親現在在想些什麼？祐太郎想到這裡，憂鬱不已。

一陣搶先於季節般的寒風颳來，祐太郎雙手插進夾克口袋裡。

「餐廳在哪裡？」

「吃飯之前，陪我去個地方吧。」

「咦？好啊，去哪？」

圭司沒有回答，推動輪椅。祐太郎跟上去，來到一處大樓包圍的小廣場。這裡似乎是通往車站的路，許多人朝著同一個方向前進。圭司停下輪椅，用下巴比比人潮的另一頭：

「你看得到那個人的臉嗎？」

廣場角落，一名男子席地而坐，正在為原聲吉他調音。祐太郎注視帽兜底下的那張臉，差點叫出聲來。頭髮變長了，臉上布滿了鬍渣。服裝很隨便，就像把廉價的二手衣一件件往身上套。即使如此，坐在那裡的男子毫無疑問就是橫田宗介。

「在社群網站上稍微引發了話題，說有個很像橫田宗介的人在這一帶賣唱。」

朝同一個方向走去的人潮另一頭，男子為吉他調音結束了。

「不過外表變了副模樣，更重要的是，他的音樂……」

這時橫田宗介彈奏起吉他，圭司打住了話。祐太郎瞬間期待會是「碰撞」那樣的悅耳旋律，然而橫田宗介開始演奏的，卻是類型截然不同的音樂。

「藍調」。

聽在祐太郎耳中，是這類音樂。

是一首關於別人送的老吉他的歌。

老吉他，你過去唱的都是些什麼歌？

橫田宗介這樣唱著。

我來教你新的歌，老吉他，咱們一起唱新的歌吧。哪一天我死了，你又會再遇見新的歌吧。到時候，你就繼續高歌我所不知道的歌吧。

帶著些許曠達的、自暴自棄的倦怠。即使如此仍湧上心頭的哀愁。一股不管重生多少次都無法擺脫般的慵懶和陰鬱。

唱腔也不同了。在那裡的不是祐太郎所知道的人氣樂團的主唱，而是彷彿藉由歌唱來勉強維持呼吸的、命在旦夕的男子。那沉靜卻激越的歌聲，強烈地吸引了祐太郎的耳朵。

「我總是想，」圭司說。「是誰第一個這樣使用這個詞的？那個時候的對象又是誰？」

「什麼？」祐太郎問。

「太帥了。」圭司滿意地笑道。「跟這比起來，碰撞什麼的根本是騙小孩的玩意兒。」

橫田宗介唱完了。沒有一個人停下腳步。每個人都被寒風推動似地，略低著頭快步前行。但橫田宗介似乎完全不在乎。

「看太久會被發現。」圭司說。「還是你要去找他說話？」

橫田宗介唱起下一首曲子了。是首被關在監獄獨居房的男子的歌。男子對著隔壁牢房的囚犯說話：如果你肚子疼，自己摸摸肚子吧，摸摸肚子吧。對不起，我愛莫能助。

「意思是……橫田宗介也有作曲的才華嗎？」

「遠遠超越橫田英明的才華。」圭司點點頭。

「既然如此，為什麼他要用橫田先生的曲子？」

「因為橫田英明除此之外別無是處了，不是嗎？橫田英明就只有作曲一項長處，而弟弟為了別無是處的哥哥唱了他的曲子。」

因為哥哥就只有這項長處了。弟弟甚至把自己原有的才華封印起來，唱著只是符合大眾喜好的哥哥的曲子，順從只想走紅的團員。

「而曲子也暢銷了，甚至走紅全日本。」圭司接著說。「哥哥應該……應該開心得要命吧。」

「但是他與藥頭的關係又是怎麼回事？」

「既然警方會行動，橫田英明的遺體應該是驗出了毒品反應吧。這不能單純地推測是橫田宗介有毒癮嗎？警方真正想抓的不是毒蟲，而是藥頭和上游的販毒通路。橫田英明死後，警方想要找到與藥頭有關的證據，向母親徵得同意，搜索住處。應該是找到了某些線索，才能破獲販毒集團。」

「可是，宗介被拍到跟藥頭在一起的照片。」

「毒癮很難單憑自己一個人的意志戒除。可能是宗介看不下去哥哥戒斷症狀嚴重的樣子，去找藥頭談判，要求他不要再賣毒給哥哥。當然，對方不可能理會。」

祐太郎想起橫田宗介手機裡的照片。正在作曲的哥哥的照片。按下快門的心情不是嘲笑，而只是想要留下專注作曲的哥哥的身影嗎？

隔壁的獨居房空無一人了——橫田宗介繼續唱著。啊，我早就知道了，早就知道了。

「委託人應該也明白是自己束縛了弟弟的才華，但是他無法自拔。因為弟弟的歌就是他的全部。他一直覺得該罷手，不管是毒品，還是逼弟弟撒謊的事，但他也明白自己不可能罷手。他應該是個軟弱的人吧。所以懷著最起碼的贖罪心情，急於赴死。」

「那，橫田先生會委託我們刪除，是——」

「如果自己死了，自己的音樂也要全部帶去另一個世界。這麼一來，弟弟就能解脫了。我不會留下任何曲子給你，往後你要創作自己的音樂，是這樣的訊息。而宗介收到了這樣的訊息。」

「咦?」

「期待存放新曲的筆電裡，別說曲子了，幾乎沒有任何檔案，照理來說，應該會上門來興師問罪吧?宗介知道你家在哪裡，但是他沒有來。他明白了，他明白這是哥哥給他的訊息。」

祐太郎想像與自己道別後的横田宗介。插上筆電電源，尋找音檔。不是因為想聽，但這是哥哥最後留下的曲子，他必須唱才行，必須讓哥哥留下的曲子在他死後的世界響起。懷著這樣的心情啟動的筆電當中，卻空無一物。別說新曲了，連過去的曲子都消失無蹤。他應該茫然了好一陣子吧。當醒悟到哥哥的心意時，横田宗介落淚了嗎?

從漫長的封印中被解放的音樂獲得了演奏。只要細細聆聽，那音樂就像撼動著內心深處。然而卻無人願意駐足聆聽這音樂。許許多多的人，只是從横田宗介前面走過。

「這音樂真是太帥了。」圭司說。「雖然絕對不會紅。」

總有一天，一定可以離開這間獨居房。希望我是走著出去的。肚子好疼，一直都好疼。

横田宗介在那裡，只是對著寒風，樸拙地引吭高歌著。

「你是什麼時候發現的?」祐太郎問。

「我什麼都沒發現，只是覺得也有不同於你所想像的其他可能性。」

祐太郎暗自苦笑：

「我果然贏不過你。」

圭司用一種「你在說什麼」的眼神看祐太郎。

唱完第二首歌的橫田宗介做出放鬆手指的動作，又重新抱好吉他。

「走吧，會被發現。」

「不，就算被發現也沒關係吧。」祐太郎說。「再聽一會兒吧。」

「嗯，」圭司說，點了點頭。「說的也是。」

橫田宗介彈起吉他。不會被記錄在任何一處的音樂，開始流瀉在大樓高谷間。

Phantom Girls

幻影少女

祐太郎搓了搓搔癢的人中處，注意到指頭上還殘留著線香的味道。他找過祖母以前用的那牌線香，卻怎麼樣都找不到。這次為了給鈴掃墓而買的線香，味道本身似乎很像，然而點火之後散發的氣味，卻與祖母使用的相去甚遠。祖母買的早就用完了，也找不到記錄品牌的便條或收據。線索只剩下記憶，但記憶中的氣味是否真的正確，事到如今，連祐太郎自己都失去自信了。

身上是不是哪裡也沾上線香味了？他把鼻子湊近身上的飛行夾克肩膀處嗅了嗅，但沒有味道。他不知道是真的沒味道，或只是嗅覺麻痺了。他聊以自慰地輕拍了幾下飛行外套，接著打開事務所的門。

「早。」

老位置、老樣子，圭司正坐在電腦前。對招呼沒有反應，也不是什麼稀罕事了，但表情與平時大相逕庭。見圭司的指頭敲打得飛快，祐太郎客氣地問：

「怎麼了嗎？」

祐太郎走到沙發，脫下飛行外套坐下來，等了好一陣子，總算聽到回答：

「什麼怎麼了？」

視線依然緊盯在螢幕上，看也不看祐太郎。

「喔，你看起來很開心。」

又等了好半晌。

「有嗎？」

祐太郎放棄與圭司對話，回想剛才掃墓的事。那座墓裡現在只有妹妹鈴一個人。鈴剛過世的時候，原本祐太郎模糊地認為總有一天父母也會葬在那裡，然後自己守著那座墓，直到有一天自己也安葬其中，由自己的孩子繼承下去。但現在即使父母任何一方過世，也不會葬在那裡吧。直到自己死前，鈴都會是孤單一人。

跟一群老人在一起，鈴太可憐了。

為鈴新建墳墓的時候，父母嘴上這麼說，但真心話應該不是如此。他們希望墓裡只有鈴一個人。合掌膜拜的時候，他們希望那裡不是真柴家之墓這種曖昧的東西，而是只為了鈴一個人的紀念碑。那種心情，祐太郎也完全能夠瞭解。

這麼說來，好一陣子沒去給祖父母掃墓了。既然那是真柴家的墓，暫時應該會是由父親、往後由父親現在的家人繼承下去，但祐太郎也沒有重新確認過。父親過世的時候，他現在的家人或許會認為與其和他們從未見過的人葬在一起，倒不如蓋新的墓。那樣的話，真柴家的墓會由自己繼承嗎？剛才掃墓的時候，他聽到墓地的職員在討論無人繼承、或沒有任何親屬的「無緣墓」愈來愈多了。儘管就在那裡，卻與這個世界沒有任何關聯。是這樣的存在不可思議，還是有這種存在的世界不可思議？過去到底有多少人死去、蓋了多少墓，又有多少墓被人遺忘？

祐太郎正漫不經心地想著這些，聲音突然響起：

「要喝咖啡嗎？」

祐太郎抬頭，看見不知何時移動到門前的圭司正看著他。發現出聲的毫無疑問是圭司、他問話的對象毫無疑問是自己，祐太郎呆了好半晌。

「咦～什麼？」

「我要去買咖啡，你要嗎？」圭司機械式地問。

圭司有任何想要喝咖啡的表示嗎？這是在挖苦沒注意到的自己嗎？瞬間祐太郎這麼懷疑，但從圭司的表情來看，沒有這種跡象。

「啊，不，咖啡的話我去買。而且這應該是我的工作。」祐太郎從沙發站起來說。

「這顯然是你的工作，但我都已經移動到這裡了，就我去買吧。要嗎？」

「啊，要，我要喝。」

「好。」

圭司離開事務所了。

「謝謝。」祐太郎說，坐回沙發。

真古怪的一天，祐太郎想。線香一點燃味道就變了、圭司自己出門買咖啡。祐太郎拿起身邊的雜誌，頓時又不想看了，站了起來，用腳尖踢起地上的足球。他用腳背接住踢到胸口的球，開始輕輕挑球。超過一百次的瞬間，他突然失去了興致，最後把球踢到臉部高度，用手接住。「to K」幾個字映入眼簾。他躺在沙發上，用右手拍動似地旋轉立在左手食指上的足球，這時事務所的門開了。祐太郎抬頭看向那裡。

「嗯？呃，怎麼了嗎？」

開門探頭進來的，是個年約國中生年紀的女生。一頭長髮綁在後腦，因此他猜得出應該是女生，但如果只看那張中性的臉孔和扁平的身材，可能會猶豫是不是小學男生。對方穿著緊身牛仔褲和過大的深藍色夾克，戴著給人冰冷印象的銀框眼鏡。

「啊，怎麼了，不小心跑進來嗎？」

祐太郎拋開足球，撐起上身。

「妳是要找律師事務所嗎？律師事務所在樓上喔。」

女生不理他，不客氣地掃視了事務所內部一圈，再拉回視線直勾勾地觀察祐太郎。

「是你嗎？」

「咦？」

「就，」女生推了推轉頭時滑落的眼鏡，對祐太郎說：「土撥鼠是你寫的嗎？」

祐太郎一頭霧水，回頭看土撥鼠。

「呃……」他歪頭，視線回到女生身上。「嗯？」

女生步入事務所，在祐太郎前面站定，用力把臉探向他，讓祐太郎忍不住後仰。

「咦？什……」

「不是吧？」女生細看祐太郎之後說。

「一看就是個粗枝大葉的人，不像能寫出那麼縝密的程式。寫程式的人在哪裡？」

「程……」

「那個叫土撥鼠的遙控程式。」

「喔，應該是圭，我們所……」

「他在哪？」

對話的節奏很怪。對於祐太郎說的話，女生回話的間隔短得異常。

「啊，他剛才出去買咖啡了。」

就在祐太郎仰著身體回答的時候，事務所的門打開，圭司回來了。女生瞪大了眼睛，應該是因為不曾預期對方會坐輪椅。圭司膝上放著印有附近咖啡店商標的紙袋。

「咖啡要奶精砂糖嗎？」

圭司邊問邊將輪椅移動到老位置。

「啊，咖啡……？呃，跟平常一樣，黑咖啡就好，倒是圭，這女生是客人。」

「我就是在問客人。」

圭司把輪椅停在桌子另一頭說，從紙袋取出咖啡杯。

「這是你的。」

圭司看向祐太郎，把其中一杯擺到桌上，然後轉向女生：

「這是妳的。這是奶精和砂糖。啊，比起咖啡，應該買咖啡歐蕾才對嗎？」

圭司附上一顆奶精和一條砂糖，將咖啡放到桌上，再取出自己的咖啡，折起紙袋。

「咦？什麼？」祐太郎看著桌上並排的三個杯子說。

女生說出了祐太郎內心浮現的疑問：

「你早料到我會來？」

「我知道有人會來。不是給妳看廣告了？」

女生瞬間啞然，然後慢慢地點了一下頭。動作有些裝模作樣。

「說的也是。既然能寫出那麼厲害的程式，應該也猜得到這點事。那個叫土撥鼠的程式是你寫的嗎？」

圭司點頭。女生正要開口，圭司先發制人地說：

「趁熱先喝吧。」

圭司說，啜飲咖啡。女生想了一下，走到桌前，拿起咖啡杯，打開蓋子，不加奶精也不加糖，直接喝了。

「什麼？怎麼回事？」祐太郎也走到桌前拿起杯子問。「我不懂這是什麼狀況？」

「大概兩小時前，我收到附有精心製作的惡意軟體的電郵。因為不知道對方想做什麼，便在預備好的沙坑跟對方玩了一下。」

「呃，沙坑？什麼沙坑？」

「準備一個任人怎麼惡作劇都沒關係的虛擬環境，來分析惡意軟體，俗稱沙盒。就是給小孩玩的沙坑。」

女生皺起眉頭。不知道是對「小孩」這兩個字有了反應，還是喝下去的咖啡很苦。

「看來對方似乎不是想惡搞，只是想確認我的來頭，所以我傳了我們公司的廣告過去。我以為對方會透過電郵或電話來打探，沒想到超過一個小時以上都沒反應，所以我猜應該會直接上門來。」

圭司說道，看向女生。

「只是乾等也太傻，所以我剛才查了一下。妳的ＩＰ位址和我們的委託人之一波多野愛莉簽約時連上我們伺服器的ＩＰ位址一樣。但契約書上，波多野愛莉是二十四歲，妳怎麼看都不是波多野愛莉。好了，妳是什麼人、來這裡做什麼？」

女生皺著眉頭再喝了一口咖啡，看向圭司問：

「你說話都這樣嗎？」

「哪樣？」圭司反問。

女生放棄對話似地看向祐太郎。

「不，也不是總是這樣。」祐太郎想了一下回答。「他平常話更少、更冷漠。既然都說了這麼多話，我想他應該很歡迎妳的造訪。」

「可是感覺很高高在上耶？」

「啊，他無論何時、對任何人都是這樣，只能習慣了。」

女生不滿地哼了一聲。幾乎就在同時，圭司也不悅地哼了一聲。

「所以呢？」圭司問。「妳有什麼事？」

「那個程式是什麼？你說愛莉是委託人？什麼委託人？你們兩個跟愛莉是什麼關係？」

「妳看過我們的網站了吧？死後幫忙刪除不需要的資料，這就是我們的工作。波多野愛莉是委託人，我們的客戶。」

「愛莉到底要……」

女生說到一半，圭司制止她：

「可以先請妳自我介紹一下嗎？我都準備咖啡招待了，妳最起碼也該報上名字吧？既然會使用與波多野愛莉一樣的ＩＰ位址，是她的家人嗎？妹妹嗎？」

關於ＩＰ位址，圭司以前解釋過是「類似於在網路上的地址」。祐太郎理解成雖然收到的信上的寄件人姓名不一樣，但地址相同，所以圭司才會詢問兩人是否為家人。

女生稍微收起下巴，打量似地看圭司。

「我叫堂本南，是愛莉的鄰居。」

「小學生嗎？」

「國中生，十四歲。」

「看起來不像。」

「我知道別人常這樣想，但這還是第一次有人大刺刺地說出來。」

「這不是壞話。」

「是喔？」

「別擔心，就算長不高，一樣可以長大，不用急。」

女生說不出話來，嘴角撇了下來。

和祐太郎對話時令他無法招架的女生，現在卻只能防守。祐太郎猜測，圭司的話變多，也許不是因為歡迎女生，而是為了避免交出主導權。

「鄰居？」祐太郎說。「鄰居的話，是……」

「我們住同一棟大廈，愛莉住我家隔壁。愛莉手機用太兇，經常被限制流量，所以我讓她用我家的Ｗｉ－Ｆｉ。」

「所以ＩＰ位址才會一樣。」圭司說。

「委託人的鄰居怎麼會來這……」

這次打斷祐太郎的不是女生，而是電子音。是土撥鼠醒來的聲音。圭司打開土撥鼠的螢幕，操作鍵盤和觸控板。沒多久圭司便把螢幕轉向祐太郎說：

「這次的委託人是波多野愛莉，二十四歲，委託內容是當手機超過四十八小時無人操作，就從手機刪除資料。」

土撥鼠的螢幕上，是記載著契約人簽約時填寫的必要事項的頁面。上面寫著「波多野愛莉」這個名字，其他的資料只有出生年月日、緊急連絡的電話號碼而已。

「不過，土撥鼠無法連上那支手機。不是沒電了，就是……」圭司瞥了女生一眼說。「可能有人把ＳＩＭ卡抽走了。總之你進行一下死亡確認。」

「啊，死亡確認是嗎？」祐太郎說，用拇指比比旁邊的女生。「意思是……？」

圭司點點頭。祐太郎清了一下喉嚨，詢問自稱堂本南的女生：

「呃，請教一下，妳知道妳的鄰居波多野愛莉小姐，現在……」

「她死了。」

南說。表情完全沒變。祐太郎等待她可能會對此補充說明，但南沒有再開口。

「確定死亡了。」祐太郎對圭司說。「她說死掉了。」

「那，找出委託人的手機，讓它連上網路。我來刪除資料。」

「呃……」祐太郎又轉向南問。「妳知道波多野小姐的手機現在……」

「在我家。」

「喔，在波多野小姐家隔壁。呃，這是為……」

「愛莉被送去醫院的時候，我在愛莉的手機發現可疑的程式。我回家把它連上電腦檢查，發現那是允許來自特定伺服器遠端遙控的程式。因為太可疑了，我想要刪除，但那個程式就像蜘蛛網一樣纏得死緊，憑我的技術無法刪除。如果丟著不管，不知道什麼時候程式會啟動，所以我抽掉ＳＩＭ卡，把Ｗｉ－Ｆｉ連線也切斷了。」

從那之後，又過了四十八小時吧。那麼波多野愛莉應該是更早一些過世的。

「妳和波多野小姐很要好嗎？」

祐太郎成功地把問題說完了。南難得在思考措詞。

「這樣說有點不太正確。」南想了一下說。「除了我以外，愛莉沒有其他朋友。」

「啊，這樣。」祐太郎點點頭。

二十四歲女子與國中生年紀女生之間的友情。眼前的女生那奇妙的偏執令人介意，但奇怪的或許是二十四歲的女子。朋友只有國中生鄰居的二十四歲女子。祐太郎難以想像那是什麼樣的生活。

「那，我希望妳把她的手機開機，弄成可以上網……」

「然後就可以從這裡遠端操作，刪除資料對吧？」

南是在問圭司。圭司望向祐太郎，但祐太郎輕輕聳肩，他便死了心，望向南說：

「沒錯，這是我們的工作。」

「愛莉想要刪除什麼？」

「妳沒有調查嗎？」

「那麼複雜的加密程式，我無法破解。如果你想要聽到我這樣說，我就說給你聽。我甘拜下風，行了嗎？」

「要刪除的內容，不會向任何人透露也不會調查，當然也不會告訴妳。」

「既然如此，我也拒絕開機。」

「真傷腦筋。」

「隨便你去傷腦筋吧。」

「妳這樣太幼稚了。」

圭司冷哼一聲，就像不願再繼續高速對答下去，接著無趣地說：

「或許反倒可以說，這就是大人和小孩的不同。遇到問題時，小孩子只知道不知所措，而大人會解決問題。妳拿走的手機不是妳的東西，我們會找到委託人的家屬，請他們要求妳歸還手機。」

「你敢這樣做，我就把手機砸壞。」

「那樣也無所謂。」圭司說。「我們的工作是刪除資料，委託的資料以外的資料保全，不關我們的事。如果妳破壞委託人的手機，等於我們的工作自動完成了。不過如果要破壞，就要做得徹底，破壞到資料無法再次復原的程度。」

「那些資料無論如何都非刪除不可嗎？愛莉都已經死了，根本沒人在意資料是不是刪除了。」

「我們會在意。只要敷衍了事一次，就再也無法回到原本的嚴謹。工作就是這麼回事。」

南就要開口，圭司又先發制人地補充說：

「對大人而言。」

南沉默了。圭司別開視線，就像在表示已經談完了。彼此都沒有要妥協的樣子。祐太郎無奈，只得開口：

「如果小南是波多野小姐的朋友，是不是應該成全波多野小姐的願望？波多野小姐委託我們刪除某些她不想要留下來的資料。雖然不知道內容是什麼，但她想要刪除它們的意思很明確，所以應該尊重她的想法，刪除才對吧？」

祐太郎一邊說著，覺得這些話好像在哪裡聽過，想到是圭司總是告誡他的話。所以南接下來會怎麼回答，他也大概猜到了。

「這跟你們無關。」

「是啊，沒錯。」祐太郎說。

如果是我，就可以刪除，但你們沒有資格刪除——即使那是死者的委託也一樣。祐太郎認為，如果自己是死者親近的人，一定也會這麼想。

「我也總是在思考這一點，也就是我們是否有資格刪除這些……」

「意思是有嗎？」

「我不知道。我們是在不知道有沒有資格的情況下刪除的。因為這是委託人的請託。」

南看了祐太郎一會兒，轉向圭司：

「我不打算交出來。如果你要用大人的手段從我的手中沒收，儘管放馬過來。」

圭司正欲開口，南伸手指向他：

「小孩子有小孩子的做法。」

南背對兩人離開了。圭司看著南關上的門，眼神帶著笑意。

「我覺得這女生有夠累人的，」祐太郎說。「可是圭，你看起來倒是很愉快？」

圭司回以反問般的眼神，接著「嗯」地點點頭。

「她讓我想像起某一個朋友的小時候。他們寫的程式很像。」

「程式？」

「那女生傳送過來的惡意軟體，應該是她自創的，而且八成是自學。非常粗糙，卻在奇怪的地方有著莫名的講究。原創的程式會反映出工程師的個性。大膽卻又一板一眼，近乎無意義地固執於自己的風格。雖然對此有所自覺，卻又裝作沒發現。一想到那個朋友小時候一定也是這樣，我就忍不住好笑。那種人想要普普通通地活在世上，一定很辛苦。」

圭司在笑。似乎是把南和那個人的記憶重疊在一起了。但也不同於單純的親近，而是泛著些許苦澀的笑。

「那個朋友是……？」

瞬間圭司猶豫了一下，答道：

「夏目，你來之前，是他在這裡工作。」

「哦……」

祐太郎進這裡工作以後，聽過這個名字好幾次。

他想起那顆足球。

「那個夏目是什麼人？感覺不像單純的員工。」

「與其說是我雇用他，更應該說是請他來幫忙。他教了我很多，特別是在數位安全方面，比夏目更厲害的技術人員難得一見。」

「意思是，他是圭的師父？好厲害。」

笑中的苦澀變得更濃了。

「不過他有一些壞毛病。」

「壞毛病？」

「動不動就愛捉弄人。」

就在祐太郎要追問那是什麼意思的時候，圭司用下巴比了比南離開的門。

「對了，你不用追上去嗎？跟上那女生，是拿到委託人的手機最簡單的方法吧？」

「咦？啊，是嗎？」

「倒不如說，目前沒有其他法子了。」

「怎麼不早說啦！」祐太郎說著，抓起掛在沙發背上的飛行外套。

「我如果查到什麼，再連絡你。」

祐太郎聽著背後傳來的圭司的聲音，衝出事務所。

祐太郎剛走出事務所大樓，就看到了南的背影。他原本想出聲，又打消了念頭。南剛才的態度那樣抗拒，應該很難說服她交出委託人的手機。如果手機在她家，應該先查出她家在哪裡，才是當務之急。祐太郎拉開一些距離，展開尾隨。

南從附近的車站搭乘地下鐵。本以為她要回家，沒想到她很快就下了車，回到地面上，走在銀座大街上。祐太郎謹慎地跟在後面。南的腳步和上電車前不一樣。與其說是走向特定的目的地，更像只是在隨意閒逛。祐太郎覺得可能會被偶爾回頭的南發現，便穿過馬路，移動到對街。上午的銀座人行道上，沒有和南同年代的小孩子。這麼說來，她不用上學嗎？祐太郎忽然興起了疑問，但以跟蹤對象而言，她是個很輕鬆的目標。街上全是大人，只有她一個小孩。她的嬌小，在銀座的人行道上反而醒目。南以不同於工作中的大人們的節奏，悠哉地在人行道上漫步前行。是跟什麼人約在附近，在碰面之前打發時間嗎？祐太郎如此猜測，繼續跟蹤，忽然看見南在某間名牌店前停下腳步。是以鐘錶和珠寶聞名的品牌。南取出手機，拍攝展示櫥窗內的商品。被美麗的事物吸引——一想到這樣的舉動反映出南果然還是個女孩子，祐太郎覺得有些莞爾。但南似乎還是沒有勇氣踏進店裡，她目不轉睛地盯著玻璃窗另一頭璀璨的店內。不久後，南行動了。她站到自動門前，等不及自動門慢慢打開似地鑽進去，進了店裡。應該追進去嗎？祐太郎正猶疑不決，南已經走出來了。事情在眨眼之間發生，連為了南而打開的自動門都還沒有完全關上。離開店內的南，又以相同步調，閒閒地走過大馬路。

同樣的情形重複了好幾次。南在名牌店前佇足，拍攝櫥窗照片，斟酌時機進入店裡，又立刻走出來。

在大街上花了三十分鐘左右散步的南，鑽進一條巷子，又用手機拍了那裡的珠寶店櫥窗，進入裡面了。祐太郎以為她馬上就會出來，但這回卻沒有立刻出來。這家店雖然沒有先前的高級，但好歹也是能在銀座大街上開店的珠寶品牌，應該不是小孩子會逛的店。她在裡面做什麼？祐太郎正準備偷看店裡的情形，手機接到來電。是圭司打來的。

『查到一些波多野愛莉的事了。她用本名玩社群網站。上面說她是新宿一家ＩＴ企業的員工。』

ＩＴ企業。祐太郎想，愛莉和感覺精通電腦的南的關聯，就在這裡嗎？

『她的社群網站雖然不算公開，但限制不嚴格，只要想看，幾乎所有的人都能看到內容。我用上面的照片找了一下，發現有完全一樣的照片放在其他網站上。那邊用的是網路名，但應該也是波多野愛莉。內容都是些稀鬆平常的瑣事，像是好吃的美食、可愛的服飾、美麗的景色這些，但在網路上似乎頗有人氣，有不少人留言，不過都無傷大雅，沒看到特別引人注目的內容。附帶一提，感覺無法從社群網站查到住址，如果追丟那女生，要拿到手機，就得費一番工夫了。你那邊怎麼樣？』

祐太郎向圭司說明南目前為止的行動。

「我不知道她在做什麼。也許真的只是在隨意逛逛名牌店而已。」

『銀座的名牌店？那方面的事，這邊有個專家。』

聲音遠離，傳來圭司和別人交談的聲音。電話沉默了片刻，換人接聽了：

『祐太郎？今天也好認真工作呢。』

「啊，舞小姐，妳好。」

南走出店裡了。雖然不是馬上離開，但待在店內的時間也只有五、六分鐘左右。南跨出去的步態和先前不一樣了。

「我正在跟蹤別人，有可能突然掛斷，先說聲抱歉。」

『嗯，工作加油喔。』舞笑道。『那長話短說。雖然不曉得是怎麼回事，不過圭剛才說的牌子，在名牌裡面，也都是屬於珠寶方面——而且比起設計珠寶，更是在寶石本身特別有聲譽的品牌。都是些原本是販賣裸石，或是做寶石切割的品牌。』

確實，路上也有其他知名珠寶店，但大部分南都只是瞥上一眼，沒有停下腳步。看似隨意亂逛，但其實挑選過要進去哪些店。

祐太郎想到這裡，電話換回圭司接聽了。

『就是這樣。』

「這代表了什麼？」

祐太郎問圭司，同時留意不要追丟了現在踩著確實的步伐往前走的南的背影。

「寶石有信譽的品牌，圭的話，會想到什麼？」

『容易換成現金。』

「咦？」

『如果寶石本身有價值，即使從戒指或項鍊取下來，也可以換錢。若是偷來的，比起直接拿首飾去變賣，應該更不容易被追查到。如果她不是十四歲女生，我應該會懷疑是寶石竊賊在勘查銷贓管道。』

「這實在不可能吧？」

『是啊。不過從波多野愛莉的社群網站來看，她過得很奢侈。似乎經常上高級餐廳，平常購物去的也不是廉價商店。血拼的空檔，也是去飯店咖啡廳喝茶。唔，或許是她的薪水不錯，也有可能是錢都花在這上面，但從印象來看，這是年收六、七百萬的生活水準。以一個二十四歲粉領族而言，雖然不到不自然的程度，但總覺得手頭闊綽過頭了。』

「會不會是家裡有錢？零用錢比薪水還多之類的。」

『她都曝露這麼多私生活了，如果家裡有錢，感覺應該會炫耀一下有錢的父母才對，但完全沒有提到過父母。』

「那會不會是男朋友？有個賺很多、年紀大很多的男朋友。」

『她沒有男朋友。她參加的社群網站原本就以想尋找男友的單身女子為主，享受美食、打扮得漂漂亮亮、過得快快樂樂、沉浸在幸福當中，自然就能變成光采動人的女性、找到真命天子這種一廂情願的觀點，ＰＯ上日常生活的各種照片。留言的也都是贊同這種信念的同年代女生。如果交到男朋友，應該會連同認識男友的過程，逐一在網站上介紹才對。順帶一提……啊，跟蹤沒問題嗎？』

「啊，嗯，沒問題。」

南經過地下鐵車站和ＪＲ車站仍繼續往前走。步伐毫不猶豫，比隨意亂逛更好跟蹤。

「順帶一提什麼？」

『波多野愛莉沒有生病的樣子。』

「咦？」

『鄰居堂本南說波多野愛莉被送去醫院後，她在波多野愛莉的手機裡發現可疑的應用程式，所以我以為波多野愛莉本來就有什麼病，在住處昏倒，被鄰居堂本南發現，叫了救護車。因為波多野愛莉和我們簽約，所以我猜測她可能得了某些攸關生死的重病。但從社群網站來看，波多野愛莉非常健康。她品嚐各種美食、每當放假就到各地出遊，放長假的時候，似乎也經常出國。』

「問題是波多野小姐怎麼會過世嗎？為什麼會跟我們簽約是嗎？」

『沒錯，要說奇怪，確實很怪。』

這樣說的圭司，讓祐太郎覺得有些不太對勁，圭司似乎也察覺了。

『總之先找到手機，讓手機連上線。只要刪除資料，我們的工作就算完成了。』

圭司辯解似地接著說，掛了電話。

過去圭司從未對簽約者的個人背景表示興趣，總是制止想要瞭解簽約者的祐太郎。但是這陣子，圭司漸漸變了。對他而言，也是無意識的變化吧。祐太郎注意到這一點，圭司也發現了自己這種轉變。

祐太郎思考這種變化的意義，這時南偏離了人行道，走進最近剛落成的外資系高級飯店。祐太郎仰望高聳的建築物後，也進入飯店。

進門之後寬廣的挑高空間裡，裝飾著巨大的聖誕樹。從時期來看，應該是在為燈飾做最後調整。巨大的聖誕樹旁，幾名穿著相同工作服的員工正忙碌著。南穿過他們旁邊，在大廳的其中一個沙發一屁股坐了下來。

是跟人約在這裡。

祐太郎這麼想，沒有前往大廳，而是走向旁邊的電扶梯。二樓呈迴廊狀，可以俯瞰大廳。祐太郎走到可以從後方俯視南的位置，躲在柱子後面開始監視。但沒有人靠近南，南也不像在等人。玩手機的背影，看起來完全是在打發時間。

祐太郎耐著性子監視著，十二點整，大廳一角發出「哇！」的歡呼聲。好像是聖誕樹的燈飾亮了起來。聖誕樹的高度約在二樓的祐太郎眼睛之上，上頭五顏六色的燈飾繽紛閃爍的模樣，與其說是美麗，更適合形容為壯觀。

南似乎也被吸引了。她站了起來，走到聖誕樹前拿起手機，拍了幾張聖誕樹後，沒有回去大廳沙發，而是走向飯店內部。祐太郎急忙搭電梯下樓追上去。

本以為追丟了，結果南在咖啡廳裡。室內有二十席左右，對邊的戶外露台座約有五席，南坐在其中之一。同桌沒有別人。室內座位坐滿了精心打扮的貴婦和似乎正在進行午餐會議的上班族，也是因為氣溫有些冷吧，露台座只有南在。這次真的是等人嗎？祐太郎躲到走廊角落，監視著南。露台座很明亮，容易監視。但等了一陣子，都沒有任何人現身，南也沒有東張西望，自顧自玩手機。不久後餐點送來，南一個人吃了起來。比對餐廳門外的菜單，南吃的好像是最便宜的義大利麵午餐套餐，但也要三千圓。

走廊盡頭有供人講手機的空間。祐太郎在那裡的椅子坐下，繼續監視，並打電話給圭司。他說明目前的狀況，傳來圭司嗤之以鼻的聲音：

『小孩子一個人在飯店吃午餐？真優雅。所以呢？』

「咦？」

『你打來做什麼？要我查什麼？』

「哦，沒有啦，現在中午十二點多，跟蹤對象的小南津津有味地吃著午餐，我只能在一邊乾瞪眼，實在餓得受不了。」

『沒事不要亂打。』圭司受不了地說。本以為他會直接掛掉，沒想到圭司繼續說：『我查了一下波多野愛莉上班的公司，不過沒查到什麼。似乎是獨立的ＳＩｅｒ。』

「ＳＩｅｒ？」

『System Integration，系統整合公司。是間新興公司，規模也很小。我也查了一下業務實績，但幾乎什麼都沒查到，看來沒什麼能拿出來示人的業績。實際的業務，應該是承包其他公司的案子吧。』

祐太郎還來不及問系統整合是什麼，圭司已經逕自說了下去。祐太郎只好改問：

「這怎麼了嗎？」

『意思是不管怎麼想，波多野愛莉的薪水都高不到哪裡去。如果這種規模的系統整合公司能給二十四歲的員工超過二百五十萬的年薪，我可要大力讚揚那裡的社長。』

「也就是她的收入配不上她實際的生活？」

『沒錯。』

「波多野小姐有薪水以外的收入。」

『會是這樣。』

這代表了什麼？祐太郎看著一個人在露台座悠閒地享受午餐的南，想了一下。

「欸，如果小南其實真的打算買在那些名牌店拍照的商品，會怎麼樣？」

『什麼？』

「她還是個國中生，所以我完全沒想過她要買。但駐足商店櫥窗，進入店內，一般來說，是打算消費的人的行動吧？只進去裡面一下，會不會是去確定櫥窗商品的價格？」

『雖然不是沒有可能……』

祐太郎看著在明亮的露台座優雅地吃午餐的南。儘管她這個客人顯然與飯店餐廳格格不入，卻絲毫沒有怯場的樣子，也不是故作自在。她應該很習慣這類地方了。現在也是，她用手機拍了送上桌的甜點後，立刻送進嘴裡。

「波多野小姐和小南，是不是有什麼共同的金錢來源？所以薪水不多的粉領族和國中生才能平日就過著與身分不匹配的奢華生活。」

『金錢來源？比方說什麼？』

「不知道。也許是她們的公寓垃圾場有人丟了裝滿鈔票的行李箱，或是撿到密碼寫在上面的富翁的現金卡。」

『波多野愛莉委託刪除的資料，是和金錢來源有關的東西。』圭司喃喃。

「一定是的。所以小南……」

說到這裡，祐太郎忽然意識到不對。

『是啊，如果和見不得人的祕密金錢來源有關，堂本南應該會希望資料被刪除才對。』圭司說。

「對耶，就是說啊。」

『或者那是某些如果被刪除，會造成困擾的東西？如果資料被刪除，兩人的資金來源就會斷絕之類的。比方說勒索某人的材料。』

「兩個女生在做勒索的勾當？」

『如果對方是女人，這完全有可能吧？即使是男的，也不是辦不到。』

「唔……」祐太郎低吟。

雖然覺得不太可能，但光是「南看起來不像會做這種事」，無法做為否定的根據。

『總之，對方實在深不可測。如果以為她還是小孩就小看她，可能會被反咬一口，你要當心點。』

「好。」

祐太郎掛了電話。

後來過了約十五分鐘，南用完優雅的午餐，離開咖啡廳。她沒有回到大廳，往進來時不同的門走去。祐太郎也離開講手機的空間，跟了上去。

南走下通往緊鄰飯店的地下鐵車站的樓梯。祐太郎等了一下，也走下樓梯。南下樓梯後，往左邊拐去，祐太郎也加快腳步下樓梯，這時背後傳來尖叫。

「哇！」

回頭一看，是一個佝僂的老婆婆在驚叫。她踩空樓梯，搖搖晃晃地勉強停在往下第二階以下的位置，卻在這時失去了平衡。祐太郎急忙衝上去，抱住往下跌的老婆婆。

「啊……」被抱住的老婆婆在祐太郎的懷裡出聲。「啊……嚇死我了，啊……」

「沒事吧？」

「啊……得救了。如果不是小哥救了我，我已經摔下去了。」

「小心點，下樓梯時最好抓著扶手。」

「是啊，我得小心點，畢竟年紀大了。」

祐太郎和老婆婆相視而笑，正想回頭追上南的時候，樓梯底下傳來聲音：

「沒事吧？怎麼了嗎？」

是南的聲音。祐太郎整個人僵住了。

「受傷了嗎？」

南好像還沒發現。祐太郎背對著她，而且穿著在事務所時沒穿的飛行外套。

「沒事，這位小哥救了我，我很好。」

老婆婆把頭伸出祐太郎的身體旁邊說。

「對吧？」

老婆婆徵求同意，但祐太郎不能出聲，更絕對不能回頭。

「要不要去叫站員？」

南走上樓梯了。

「不用麻煩了，可以讓年輕男士擁抱，算是因禍得福呢。」

老婆婆輕拍了幾下祐太郎的手臂。南笑了。

「沒事就好。我先走了。」

後面傳來南下樓梯的聲音。祐太郎鬆了一口氣。

「小哥也是，我沒事了，謝謝你。」

「啊，不會。那，請多保重。」

祐太郎對老婆婆說，跟在南身後下了樓梯。

這下就算沒被認出是在事務所見過的人，如果南覺得不應該跟下樓的人跟過去就完蛋了。別說對看了，即使被瞥到一眼，跟蹤一事也有可能曝光。祐太郎謹慎地跟著南。南搭乘地下鐵，中間換了車，前往新宿。

南在新宿出站，走出地面，這回進了百貨公司。還不回家啊？祐太郎內心叫苦連天，南搭電梯上三樓了。是婦女百貨賣場。南大步走向樓層角落。

「啊……」

看到南消失的地點，祐太郎喃喃。是女廁。

祐太郎進入可以看到女廁前方通道的女鞋賣場，繞到較高的展示櫃後方。上面陳列著五顏六色的女鞋。女店員立刻湊上來：

「請問要找什麼嗎？」

恭敬的聲音當中摻雜著狐疑。

「啊，喔，我在找送人的禮物。」

「送鞋嗎？」

「呃，我可以自己看一下嗎？因為我連有哪些款式都不太瞭解。」

「這樣啊，請慢慢看。」

店員微笑著退下。

祐太郎裝作挑鞋，頻頻偷瞄展示櫃另一頭。本來以為南很快就會出來，沒想到五分鐘過去、十分鐘過去，還是不見她的人影。過了十五分鐘，祐太郎交抱起雙臂。實在太久了。可是那裡是女廁，也不好進去查看。祐太郎沉思起該怎麼辦。

「歡迎光臨！」

剛才的女店員招呼說。一名年約二十歲的男子走進賣場來。大學生嗎？打扮很休閒。原來也會有男客到女鞋賣場啊——祐太郎稍微鬆了一口氣時，與對方打了照面。男子的表情變得凶狠，朝祐太郎走來。個頭比祐太郎還要矮，但肩膀很寬。走路姿勢重心壓低，強而有力。應該不是練過武術，是打橄欖球的嗎？祐太郎正暗自猜想，男子逕直走到祐太郎面前，惡狠狠地瞪向他。

「你這樣很不應該。」他說。

態度看來不習慣找碴，但似乎滿懷覺悟，臉頰緊張得漲紅，卻仍懷著強烈的決心瞪著祐太郎。雖然不知道為什麼，但對方徹底做好與祐太郎起衝突的覺悟，站在這裡。

「什麼？」祐太郎愣住問。

「客人？」剛才的店員驚慌失措地出聲。「呃，請問怎麼了嗎？」

「啊，不，沒事的。」祐太郎對店員笑道，轉向對方。「如果我做了什麼對不起你的事，我道歉。不過我做了什麼嗎？」

「別裝傻了。你不覺得丟臉嗎？」

「丟臉……什麼？」

就在祐太郎反問的時候，另一名男子氣喘吁吁地衝進賣場裡來。年紀和祐太郎差不多，繫著領帶，乍看之下像上班族，但頭髮染成明亮的褐色，戴著耳環。他發現祐太郎，也不調整呼吸，大步走來，雙手朝祐太郎的肩膀猛地就是一推。

「你做什麼！」

祐太郎也不抵抗，順勢後退說。

「你也是嗎？」

推祐太郎的二號男問一號男，一號男點點頭。

「我看到貼文，因為剛好在附近就來了。你呢？」

「我在澀谷，急忙攔了計程車衝過來。」

「這樣啊。」

兩人彼此輕笑了一下。兩人類型截然不同，卻有種彷彿要用力握手的同志氛圍。

「等一下，什麼貼文？我對你們做了什麼嗎？」

「不是對我們，是對南南做了什麼。」二號男說。

「南南？咦？是在說小南嗎？」

「少叫得那麼親密，這個跟蹤狂！」

二號男的手猛地揮高，像要一掌摑上來，祐太郎一個矮身閃過，左腳一蹬，跳到一號男前方。直起彎曲的膝蓋後，便幾乎是從正上方俯視一號男了。

「回答我，貼文是在說什麼？」

「南南在她的網站上求救。」一號男被震懾似地仰望著祐太郎說。「說有個怪男人跟蹤她，她怕得躲在新宿的百貨公司女廁裡不敢出來。她不想驚動警察，叫附近的人來救她。」

「所以你們兩個才會過來？」

祐太郎才剛說完，又有別的男子上氣不接下氣地跑到賣場來。是個三十開外、戴眼鏡的瘦弱男子。

「就是你嗎！」

三號男高聲對祐太郎喊道，望向一號男和二號男。兩人向他點點頭。

「另一個人去叫警衛了。說明狀況，叫警衛把他攆出去吧。」

「不，你們不要亂來。」

祐太郎打從心底慌了手腳，嘆了一口氣，這時南走出通道了。她不理會騷動，準備快步離去。

「咦？那就是野生南南嗎？」三號男喃喃說。

「謝謝大家！」

南微微低著頭，草草地揮了一下手，往前跑去。

「啊，喂！妳先幫我解圍再走啊！」

祐太郎呼救，但南看也不看他。

「啊，喂！你少鬧了！」

祐太郎想要追上去，一號男冷不防朝他的腰部擒抱上來。

「你夠了沒！都幾歲的人了，還追逐那樣的年輕小妹妹，太難看了。」

「呃，被小孩子的貼文耍得團團轉的人應該沒資格說別人吧？」

「總之你乖乖待在這裡，等警衛過來。」

三號男也走過來，準備從後方架住祐太郎。

「什麼乖乖待在這裡，誰理你們啊？我得去追她才行。」

祐太郎扭身鬆開腰上一號男的手，反剪三號男的手，這時二號男也加入戰局了。

「還想追，你這個敗類跟蹤狂！」

祐太郎放掉反剪的三號男的手，仰身閃過二號男揮過來的拳頭。

「呃，我說的追，不是那個意思——」

「就是他！」聽到叫聲望過去一看，四號男帶著制服警衛過來了。

「啊，真是的！」

祐太郎側身躲過再度擒抱上來的一號男，結果變成跟三號男面對面，他雙手冷不防在三號男面前一拍，趁著三號男反射性地閉上眼睛，鑽過他旁邊，打掉二號男揮來的拳頭。如果要躲開四號男和警衛，就必須背對南離開的方向，但祐太郎實在別無選擇。擒抱被閃開的一號男一頭栽進祐太郎身後的展示櫃；被拍手驚嚇的三號男往後踉蹌，撞到陳列台，一屁股跌坐在陳列台的長靴上；拳頭被撥開的二號男則失去平衡，抱住了附近剛才的女店員，女店員尖叫連連。

「啊……真是的。」

祐太郎對這副慘況再嘆了一口氣，拔腿就跑。

圭司出示的手機畫面上，有在女鞋賣場和店員交談的祐太郎照片。好像被偷拍了。

因為臉背對鏡頭，看不到祐太郎的長相，但可以看得出身材和服裝。

祐太郎把手機還給圭司。

「完全被擺了一道。」圭司笑道。

「是這樣沒錯，但你也不必說得這麼開心吧？」祐太郎噘起嘴唇。

「是在地下鐵樓梯被發現的吧。那時候她裝作沒發現，移動到人潮容易聚集的新宿再求助。真是個機伶的小丫頭。」

「那個社群網站是？」

「自稱數位偶像的南南的網站。可以看到穿上各種服飾、化妝後的南南。其實跟本人天差地遠，完全無法想像跟那個銀框眼鏡女生是同一個人。她的網站也有大量的留言，支持她的似乎都是些喜歡年輕妹妹的男性。」

「原來我被蘿莉控指控是蘿莉控嗎？總覺得有點受傷。從那裡看得出什麼嗎？」

「上面的個人資訊，只說是都內某家貴族女校的學生。沒有說出校名，也沒有任何關於住址的資訊。照片都是室內照，看不出外面的景色，照片檔案也查不到地理位置資訊。」

「那，意思是線索就這樣完全斷了？」

「對方一定是這麼認為。」

看到圭司傲然微笑的模樣，祐太郎鬆了一口氣。

「還是查得到對吧？」

「大人怎麼能讓小孩壓在地上打？小孩有小孩的做法，大人當然也有大人的做法。」

「你要怎麼做？」

「我知道對方的ＩＰ位址，從那裡打聲招呼好了。」

「什麼打招呼……啊，駭客是嗎？你要駭進去嗎？」

「嚴密地說，是Cracking——破解吧。」

圭司將隨身碟插進桌電，操作滑鼠。祐太郎繞過桌子，探頭看螢幕。螢幕上出現幾個視窗，每個視窗都有大量的數字、英文字母和記號自行流動起來。

「這是在做什麼？」

「調查那個ＩＰ位址開放的通訊埠，尋找可能使用的軟體的零日漏洞。」

祐太郎甚至不知道該問些什麼問題才好。

「呃……也就是說？」

「在尋找侵入對方電腦的入口。」

「咦？這樣就可以囉？不是應該……怎麼說，更激烈地敲打鍵盤之類的嗎？像是飛快地打字之類的……」

「喜歡的人就會這麼做吧。我討厭麻煩，所以不搞那種的。」

「咦，這樣就是在駭進電腦囉？總覺得跟想像的不一樣。」

「無法滿足你的期待，抱歉喔。」

「有什麼我能做的事嗎？」

「盡量在不礙事的距離之外，做些不會讓人分心的事。」

「啊，喔，是是是。」

祐太郎垂頭喪氣地走向沙發。不到二十分鐘，圭司就完成作業了。聽到不悅地冷哼的聲音，祐太郎回到桌前。

「查到了嗎？」

「查到這個ＩＰ位址的使用者了，但不是堂本南。竹內優吾，二十八歲，一般上班族。竹內優吾的話，不管是住址、任職的公司、人際關係和性偏好都能查到，但他應該根本不知道堂本南這個人。」

「呃，難道是那個嗎？拿別人的ＩＰ位址當跳板，偽裝什麼的那種行為？」

祐太郎覺得以前好像看過這類新聞。圭司一臉驚嚇地抬起頭來。

「喂，那什麼看到狗說人話似的眼神啦！」

「比那還要吃驚。」

「太過分了！」

「唔，算了。」圭司說。「我本來也以為是跳板，但不是。是更單純、更棘手的狀況。堂本南擅自使用這個竹內優吾的無線區域網路訊號。」

「呃，什麼意思？」

「你上去一樓，拿出手機，看看收得到多少Ｗｉ－Ｆｉ訊號。這一帶的話，應該抓得到將近二十個強度可用的訊號吧。每一個訊號都有密碼，但也不是不能破解。如果是用比較早期的加密方式，十秒就可以破解了。」

「啊，可是記得小南不是說，她讓波多野小姐用她的Ｗｉ－Ｆｉ嗎？」

「只是把自己盜用的竹內優吾的Ｗｉ－Ｆｉ訊號，私下又分給波多野愛莉使用罷了吧。」

「喔，原來如此。」

南的厚臉皮令祐太郎忍不住好笑。

「那盜用Ｗｉ－Ｆｉ訊號，有什麼棘手的嗎？」

「我想堂本南已經不會再用這個Ｗｉ－Ｆｉ了。她應該會破解附近別的Ｗｉ－Ｆｉ訊號使用吧。已經沒辦法從這個ＩＰ位址查到堂本南了。」

「就沒有別的線索了嗎？」

「一般來說，如果沒有障礙物的話，無線區域網路機器的訊號範圍超過兩百公尺以上。但事實上在城市裡，不可能沒有障礙物，而且假設要在日常生活中順暢地使用，兩人住的大廈距離這個無線區域網路的機器，應該不超過幾十公尺。」

「也就是說，兩人住的大廈就在竹內優吾家附近。要把它找出來對吧？」

「沒錯，靠雙腿走訪。」

對圭司來說，追尋數位線索應該比較輕鬆，但對祐太郎而言，找出現實中肉眼可見、手摸得到的東西，更要容易多了。

圭司把板橋區的地圖顯示在螢幕上。

「竹內優吾的住處在這裡。是這個『中丸華廈』吧。以這裡為中心，查一下附近的集合住宅。」

「只要找到信箱有堂本和波多野並排在一起的大廈就行了吧？不，波多野的的名牌可能已經拿掉了。但也只要找堂本的隔壁是空房的大廈就行了。太簡單了。」

「希望就像你說的。」

就像圭司擔心的，找起來並沒有那麼容易。附近住宅密集，而且有許多只要有那個心，也不是不能稱為「大廈」的集合住宅。也有很多信箱根本不放名牌。再說，要以某個地點為中心，呈同心圓狀擴大搜尋範圍，從地圖上看起來很容易，實際上道路分布卻沒有那麼剛好。有沒有遺漏的集合住宅？有沒有漏掉的巷子？祐太郎逐一與圭司電話連繫，在巷弄狹小的住宅區東奔西走。那完全就如同字面所示，是滴水不漏的搜索行動，是追求效率及合理的圭司最不拿手的作業類型。

『已經夠了吧。從波多野愛莉的公司下手好了。』

圭司終於舉了白旗。電話裡傳來的圭司的聲音，從三十分鐘前就已經毫不掩飾他的不耐煩。開始搜尋已經超過兩小時以上，都過了傍晚五點，天色暗下來了。

「就算問公司，他們也不可能透露員工的個人資訊吧？」

『不是直接問，是私下查。』

「私下查……啊，要駭進去嗎？咦？要駭進ＩＴ企業的電腦嗎？」

『說是ＩＴ企業，也只是小規模的系統整合公司，總有辦法吧。對方不是徹頭徹尾的外行人，安全系統反而好猜。』

「那樣真的好嗎？」

『總之你回來吧。氣象預報說快下雨了。』

確實，空氣愈來愈潮濕了。祐太郎把正經過的巷子當成最後，走到盡頭。

「啊，欸，這裡是路嗎？」

『哪裡？』

「剛那棟公寓出來右轉到底，和透天厝間有條小巷。這不是私有地，是路吧？」

『這邊的地圖看不出來。那裡是死路。啊，不，再過去還有建築物。確實，照這份地圖，這棟建築物會沒有對外道路。』

「我過去看看。我先掛了。」

掛斷與圭司的通話後，祐太郎走進巷子裡。走了一段路，看到一棟木造二層樓的老公寓，掛著一塊變色的塑膠看板：「春宮莊」。

「這實在不能叫大廈吧？」

連有沒有人住都很可疑。所有房間都暗著。但祐太郎為了慎重起見，還是決定從老公寓一樓查一下住戶姓氏。就在這時，正準備查看的一樓第一戶房門竟打開了。

「啊。」祐太郎說。

南怔愣在原地，連話都說不出來。

「嗨。」祐太郎說。

南瞬間想跑，但似乎悟出只是白費工夫。她豁出去似地瞪祐太郎。祐太郎要自己露出盡可能友好的笑容，走到南的前面。

「什麼事？」

「我有很多話想說，不過先請……」

「愛莉的手機我丟掉了。在一般的垃圾回收日丟掉了。」

「啊，不，我也想知道手機的事，可……」

「不是來問這個，那是來幹嘛的？」

「那些人沒事嗎？把女鞋賣場搞得亂七八糟，百貨公司不會……」

「跟你無關吧？」

「也不能這樣啊。我也有責……」

「有責任的是我，不是你。」

「不不不，等一下，先讓我想一下。」祐太郎說，當場尋思了片刻。「一群老大不小的大人，把社群網站的內容信以為真，也不確定狀況，就向我找碴。到這裡都算是他們自己的責任吧。然後我為了甩開那些人，明知道多少會造成百貨公司的困擾，還是伸展了一下筋骨，這是我的責任。以結果來說，造成了那些損害。唔，我想妳應該沒有責任，而我有一點責任。」

目不轉睛地瞪著祐太郎的南忽然看向上方。她身子一轉，打開剛才走出來的門，回頭看祐太郎。

「請進。」

「咦？」

「下雨了。」

祐太郎仰望，雨水滴在額頭上，冰得讓人覺得下一個季節即將來訪。

「啊，喔。」

祐太郎跟著南踏進老公寓裡。

房間內沒有外觀那麼破舊。

進入玄關後，緊接著是木板地廚房。也有小餐桌。進去右邊的門應該是衛浴。裡面的紙門內應該還有一個房間。

南打開流理台上的燈，對著餐桌坐下來，默默示意祐太郎坐對面的椅子。祐太郎拉開椅子坐下來。

流理台上的燈光很微弱，不足以照亮整個房間。仰頭一看，應該是房間電燈的位置空無一物，電線從天花板垂下來。

「聽說百貨公司沒有報警。」南開口說。「賣場是他們弄亂的，他們說向百貨公司說明狀況後，沒有被追究責任。」

南掏出手機，操作了一下，遞給祐太郎。是南南的社群網站的留言欄。

『南南沒事，太好了～』圖示是長頸鹿圖案的「動物迷迷」留言說。『我們被百貨公司罵了一頓，不過沒有怎樣。』

「這是哪一個？」祐太郎把手機還回去問。「像橄欖球隊員的？還是像小混混的？還是……」

「不知道。」南說。

「呃，喔，不知道喔。」

雨勢變大了些。整棟老公寓一片寂靜。

「呃，妳爸媽……」

「只有我媽。她去上班了。在超市站櫃台到傍晚，下班後去小酒館幫忙。」

「啊，喔，這樣。」

「對。」

有狗在叫。某處滴滴答答的水聲很刺耳。

「妳是唸都內的貴族女校……」

「這是在挖苦嗎？」

「啊，不，不是挖……」

「那當然是騙人的啊。看到這裡就知道了吧？」

「啊，騙人的。是喔。這樣啊。」

「依學區是附近的國中，不過我只去了三天左右。」

「拒絕上學嗎？」

「我不就這樣說了嗎？」

「啊，嗯，是呢……」

「不要一一確認好不好？」

「啊，好，我會注意。」

狗終於不叫了。刺耳的滴水聲持續著。

「那，住在隔壁的是波多野小姐吧？妳跟波多野小姐是……」

「我們都是釘子戶。」

「釘……」

「這裡預定要拆除。房東說會給我們錢，叫我們搬出去。可是就算給我們那點搬遷費，這一帶根本找不到一個月房租四萬附衛浴，可以母女住在一起的地方。其他房間的住戶都搬走了，就只剩下我們家跟愛莉。」

「波多野小姐也不想搬嗎？可是波多野小姐不是很有錢……」

「社群網站嗎？」

「啊，對。我們看到波多野小姐的網……」

「真實的愛莉沒有工作。就算拿了錢，沒有工作的話，也租不到房子，所以愛莉也沒辦法離開這裡。」

「沒有工作？那波多野小姐是怎麼生……」

「她說她短大畢業後進去的公司是黑心企業，做了兩年就搞壞身體，被逼離職了。身體稍微恢復的時候，存款也見底了，只好去做色情業。就是那時候搬來這裡的。她也去正常的公司面試，但好像全被刷下來，但她本性是個很老實的人，所以想在正常的公司上班，不停地到處面試。求職面試被說了很多難聽的話，在色情業又遇到很多討厭的事，結果這次搞到心生病了，色情業也做不下去，就靠之前下海賺的錢過日子。」

「那個雖然是小公司……系統整合公司是嗎？說是在那類ＩＴ公司上班是……」

「那裡是在面試刷掉愛莉的公司。我查了一下，別說不是什麼大不了的公司了，根本就是黑心企業。但那裡好像是面試中感覺最有希望的一家，所以沒有被錄取，愛莉非常失望。」

「為什麼要……」

南抬頭惡狠狠地瞪向祐太郎。那殺氣騰騰的眼神讓祐太郎退縮了。

「如果你要問的是，」南的嘴唇憤怒得顫抖。「如果你要問的是，為什麼要在社群網站開那種謊話連篇的帳號，你最好再仔細想一想，問那種問題有意義嗎？」

說的沒錯。根本用不著追問。她們兩個都渴望不同的另一個自己。

「啊，嗯……」

南的雙手「砰」地敲了一下桌面。

「你敢說對不起，我就揍你。」

祐太郎把話吞了回去。南見狀，肩膀放鬆下來。

刺耳的滴水聲無休無止。原本安靜下來的狗又叫了起來。也許是別隻狗。祐太郎轉向叫聲的方向，南嘆了一口氣，靠到椅背上。

「如果要說為什麼，是啊，原因或許是被那家公司的面試刷下來吧。面試完後，面試官好像對愛莉說了一定會錄取她之類的話。不，也許只是愛莉這麼相信而已，但總之愛莉非常開心，以為總算可以在正常的公司上班了。但結果還是沒有上，她沮喪極了。她說她會收到的信，就只有色情店催她去上班的信，還有企業說很抱歉的不錄取通知而已。她從以前情緒就不太穩定，那陣子整個人真的處在崩潰邊緣。愛莉好幾次試圖割腕，哭著說她再也無法相信自己了。」

「這樣啊。」

祐太郎想，愛莉會委託「dele.LIFE」，不是因為生病，而是害怕自殺衝動吧。

「所以我建議她，創造一個在那家公司上班的波多野愛莉。就像我做的這樣。」

「喔，南南？」

「把七色的元氣維他命散播給大家！數位偶像南南駕到！」

南比了個勝利手勢，打橫放在眼旁，吐出舌頭。祐太郎和南彼此對望，笑了。

「我是小學的時候開始玩這個的。從那時候開始，我的朋友就只有手機。啊，不用同情我，這是我自己喜歡做的。說起來，數位偶像南南是我用來和這個唯一的朋友溝通的材料。起初我用我媽的化妝品化妝，穿我媽的衣服。認識愛莉以後，我們會一起去百貨公司，愛莉在化妝品專櫃請推銷的櫃姐化妝，然後我也順便一起化。然後帶著那個妝去樓上的女裝賣場，一起進去試衣間，用大塊的布把試衣間的鏡子蓋起來。這樣一來，照片上就看不出是試衣間了。然後我換衣服，讓愛莉幫我拍照。」

「好像很好玩。」祐太郎微笑。「聽起來超有趣的。」

「那家公司面試落榜後，愛莉也創造了另一個自己。另一個愛莉是一家無名小ＩＴ企業的粉領族，很想要男友，為了交到男友，努力讓自己變得更美好。愛莉就是嚮往變成那種無聊的女人。她就是這樣一個女生。」

在一家小而普通的企業上班，雖然沒有男友，但積極地追求美食、可愛及歡樂事物的波多野愛莉。渴望成為這樣的女人的另一個波多野愛莉。

「很慘對吧？」

「怎麼會？如果只有波多野小姐一個人這樣做，也不是慘，但我可能會覺得她活得很累，但是跟小南兩個人一起的話，感覺還是很有趣啊。我這麼覺得。」

「愛莉想像的另一個愛莉實在太無聊了，所以我幫她加了一堆設定。我幫忙把她塑造成有一大堆可愛的服飾、每天都在享受美食、假日還會出國玩的女人。」

「衣服可以用跟妳一樣的方法拍照呢。」祐太郎說。「可是，怎麼有辦法成天吃美食，更何況是出國呢？」

「如果發現氣氛不錯的餐廳，就避開店名拍照。只要有機會，也會進去拍裡面的照片。接下來就兩人一起做菜，只鋪上桌巾，把餐點放在上面。拍照的時候絕對都用特寫，因為只要距離遠一點，就會露餡了。每次都用百圓商品店買來的蠟燭或花來佈置，然後不寫出店名，只說『今天去青山吃義大利菜』、『在西麻布不必穿正式服裝的法國餐廳吃午餐』。只要寫『雖然有點貴，但是真好吃』，意外地別人都會相信。而且偶爾也會砸錢真的去餐廳用餐。但我們沒錢，所以大部分都只是喝個茶。不過那種地方光是拿鐵，就跟便宜的店天差地遠。我們彼此生日的時候，也一起去吃過午餐。只要拍下那類照片，可信度就會大增。」

祐太郎想起南在飯店露台座位吃飯的樣子。

原來她並不是習慣在高級店鋪消費。但是她進去過很多次，平常也不斷地想像進出高級店鋪的另一個自己。當時，身在那裡的南一半是真的她，一半是假的她吧。

「那出國旅行呢？」

「我們四處尋找亞洲國家的網友的部落格或社群網站，拿他們的旅遊照來用。因為如果用日本人的，有可能被抓包。把躺在沙灘上，只拍到腳尖的照片稍微修圖一下，寫上『坎昆太美了』，就不會露出馬腳。因為腳尖另一頭的海，真的是坎昆的海。」

兩張臉湊在電腦螢幕前，挑選陌生人的旅遊紀念照——感覺還是很歡樂。南的電腦在紙門另一頭的房間內嗎？

想到這裡，祐太郎想起原本的目的。

「那，波多野小姐的手機……」

南看向祐太郎，隨即轉開目光，不久後「嗯」地點了一下頭站了起來。消失在紙門另一頭的南立刻就回來了。她坐回椅上，把裝著手帳型手機套的手機放到桌上。

「波多野小姐是怎麼過世的？」

南抬起頭來。原本遺忘的雨滴聲又變得刺耳起來。

「她……」南說。「她在浴室裡，割頸自殺。」

「是妳發現的？」

南點了一下頭。

「這太慘了。」祐太郎喃喃。

「這樣才好。」南說。「反正也只有我會發現，所以幸好我很快就發現她了。要是兩、三天以後才發現，那她就太可憐了。」

「波多野小姐的遺體後來怎麼了？」

「聽說她母親領回去了。愛莉以前說過她們母女很多年沒見面了。」

「這樣啊。」

南把桌上的手機推向祐太郎：

「手機沒電了。」

「為什麼妳不希望波多野小姐的資料被刪除？」

「我想要一個結局。」

「結局？」

「給另一個愛莉一個完美的結局。努力追求美好事物的波多野愛莉，終於找到了她超棒的真命天子，在高級飯店的戶外座吃了午餐後，在霓虹燈五彩繽紛地閃爍的聖誕樹前被男友求婚了。謝謝大家一直以來的支持，這個帳號就經營到今天為止，我由衷希望大家也能得到幸福，ｆｉｎ。我想要給她這樣一個美好的結局。」

「妳會四處逛珠寶店，是……」

「被男友求婚的愛莉，和未婚夫一起逛高檔名牌店，挑選婚戒。你知道嗎？聽說最近的主流是兩人一起挑婚戒喔。我是覺得直接收到男友挑的比較浪漫啦。」

比起設計，寶石本身更有聲譽的品牌，也是適合婚戒的品牌。

「原來那些照片是要拍來放在網站上的。」

南點點頭：

「我趁著店員不注意，也拍了店裡的照片。這樣比較有真實性。」

「最後那家珠寶店呢？」

「那家店我本來也想拍一下就出來，卻被店員叫住了。我們聊了一下，那個店員人很好，甚至願意讓我戴著戒指拍照。我的手很小，所以我打算修一下圖，做成妝點愛莉的最後結局的照片。」

「這樣很好。」

祐太郎說，但南搖搖頭：

「我想愛莉委託刪除的，是另一個愛莉的資料。她一定是設定成把社群網站上的資料刪除。愛莉一定是受不了另一個愛莉了。自己原本也有可能是這樣的愛莉的——想到這裡，她一定是覺得自己實在太慘了，再也承受不下去了。殺了愛莉的，就是另一個愛莉。這樣的話……」

南抬頭瞪住祐太郎。

「也等於是我殺的，對吧？因為是我建議創造另一個愛莉的。是我……」

南激動地說著，忽然噤聲，垂下頭去。滴水聲持續不斷。

「事到如今，說這些都無濟於事了。請拿去吧。」

「我覺得波多野小姐……」

「你不認識愛莉。你對愛莉一無所知。」

「啊……嗯。對，妳說的沒錯。」

祐太郎拿起放在手帳型手機套裡的手機。下個不停的冰冷雨水，感覺正一點一滴地奪去房間裡的溫度。祐太郎想不到任何有意義的話，但他非說些什麼不可。

「可是，對波多野小姐來說，妳是她唯一的朋友吧？」

南抬頭看祐太郎，淡淡地笑：

「愛莉只有我，我只有愛莉。這樣的關係，不叫朋友。」

「其他還能怎麼……」

「這是一種類別，敗犬的類別。在我們周圍，屬於這種類別的，就只有我和愛莉而已。只是這樣而已。」

「這……」

「請回去吧。雨好像愈來愈大了。」

祐太郎想要開口，被南以凌厲的目光制止了。

「回去吧。」

祐太郎站了起來。直到走出房間，他還是想不到任何可以說的話。

祐太郎用遞過來的毛巾擦拭被雨淋濕的頭髮，向圭司報告與南的對話內容。圭司將手機接上充電器開機，打開土撥鼠的螢幕。他操作了鍵盤和觸控板一陣子後，抬起頭來：「委託人波多野愛莉設定成刪除這支手機裡全部的資料。」

「全部的資料……？」

「如同字面上的意思，全部。不管是郵件、文件檔、音樂檔還是圖像檔，全部。恢復成手機剛買來時的初始狀態。」

「這……」

「不過，並不包括社群網站的資料。」

「咦？」

「波多野愛莉並未設定成連上傳到社群網站的資料都刪除。」

波多野愛莉的資料會消失。通知不錄取的許多郵件、色情店催促上班的郵件，還有或許存在的寫下每天怨言的記事檔案。或許偶爾會聽的喜歡的音樂、一定有個幾張的真正的生活照，全部都會消失。然後留下來的……

「也就是說，留下來的只有另一個人，假的波多野愛莉的資料？」

「對，會是這樣。」

只存在於數位世界的、樂觀開朗的、陽光中的幻影。

「這是好事嗎？我可以認為是波多野小姐並不討厭和小南一起打造的另一個自己嗎？還是應該解讀為波多野小姐是被另一個波多野愛莉殺死了？」

「或者是，對波多野愛莉而言，在數位世界打造出來的波多野愛莉並不是另一個自己，而是她和唯一的朋友一同玩樂的記錄。或許這是波多野愛莉想要留在這世上的唯一一樣東西。」

祐太郎思考這件事的意義。他覺得如果現狀已無法改變，那麼對南來說，這是唯一的救贖。

「你這麼認為？」祐太郎問。

「我認為也有這樣的可能。要相信哪一種可能，是生者的問題。」

圭司說，敲了一下觸控板。真正的波多野愛莉被刪除，冒牌的波多野愛莉在數位世界繼續存活下去。

祐太郎在老位置的沙發坐下。圭司闔上土撥鼠，將充電器從手機拔下來。

「這支手機要怎麼處置？放在我們這裡好嗎？」

圭司把手機本體從手機套裡取出來說，但很快又放了回去，遞給祐太郎：

「不，當成遺物交給堂本南怎麼樣？應該沒問題吧？」

「我贊成這樣做。」

祐太郎站起來，回到桌前。

「可是小南會想要嗎？裡面什麼都沒有了吧？我覺得沒什麼意義耶。」

「委託人要求刪除手機裡面的資料，但可沒要求刪除外面的資料。」

「外面？外面有什麼嗎？」

祐太郎收下圭司輕輕上下晃了晃的手機，將本體從套子裡取出。手機本體的背面貼了一張大頭貼。沒有開美肌效果，也沒有把眼睛修大，上面是原原本本的兩人。不是「南南」，也不是「另一個波多野愛莉」，而是相貌平凡無奇的國中女生，與神情陰沉的二十多歲女子。

「怎麼會用這種表情拍照啦？」祐太郎忍不住笑了。「怎麼不笑得開心點，還是擺點動作？」

「她們兩個本來就是這樣吧。」圭司說。

「對耶，說的也是。」

祐太郎把手機放回套子，塞進飛行外套口袋裡。

「我拿去給她。」

「嗯。」

圭司點點頭，祐太郎為了在雨中折返回公寓，離開了事務所。

Chasing Shadows

追蹤暗影

1

抵達的公園裡，有許多正準備回家的親子檔。祐太郎大致掃視了一下廣場，取出手機。下午三點五十分，沒有來電記錄。將手機放回飛行外套口袋，在附近的長椅坐下來。一家人從眼前走過。父親、母親、約小三年紀的哥哥，和大概小兩歲的妹妹。哥哥抱著足球，妹妹拿著飛盤。今天一早氣溫就很高，是舒適的小陽春天氣。祐太郎覺得經過的一家四口留下了他們今天度過的一整天的氣味。那就像是陽光下的草皮芬芳。

一名灰夾克男子從正面走來，祐太郎發現是父親，站了起來。他瘦了一些，法令紋變深，眉毛的白毛變多了。看出這些變化後，祐太郎擠出笑容。他覺得笑得很假，但重新再笑也很怪。

「咦？你早就到了？」

「嗯。」父親點點頭，回頭看了看背後。「我坐在那邊。」

「抱歉，沒注意到。」

父親站在正面。對望的時間很短。先別開目光的父親在長椅坐下，祐太郎也重新在旁邊落坐。

「好久沒來這裡了。」祐太郎看著廣場說。「以前常來呢。」

以前祐太郎一家人就住在離這座公園走路五分鐘的地方。父母離婚後，祐太郎搬到祖母在根津的家，父母各自在其他地方有了新的家庭。祐太郎不知道以前的家現在住著什麼樣的人。

「嗯，是啊。」

父親的應聲總有些如坐針氈。祐太郎並不是故意要讓他不舒服的。他想換個話題，卻想不到能聊些什麼，直接說出來意：

「抱歉突然連絡。是關於墓的事，我想要好好討論一下。」

「墓？」

「啊，是說真柴家的墓。」

「喔，我們家的墓。」

「昨天我去掃墓了。好一陣子沒人去了吧？」

與其他墳墓相比，雖然不到嚴重荒廢的程度，但沒有自己以外的人整理過的痕跡。

「啊，嗯，是啊，一陣子沒去了。」

父親的聲音轉為歉意。祐太郎並不是想要為此責備父親。

「如果沒關係的話，我有空會去整理一下，不過那畢竟是真柴家的墓，我想還是問清楚往後怎麼打算比較好。」

父親應該理解了祐太郎是在擔心往後是否能交給父親現在的家人，他點了點頭：

「好，我們家的墓，我會想一下怎麼做。你想要給奶奶上香時再去就行了。」

「我們家的墓」，這個說法令人介意。

祐太郎瞄了父親一眼。父親沒有看祐太郎。

「鈴的墓，我會好好照顧。」祐太郎望向正面說。「爸想上香的話，隨時都可以去。」

隔了一陣子，父親點頭說「好」。

「工作怎麼樣？」祐太郎問：「都順利嗎？」

「我是中年菜鳥，一開始添了很多麻煩，但最近總算是穩定了。」

九年前，鈴過世後不久，父親被任職的公司逼迫自願離職。但後來沒多久，便以可以說是破格待遇的條件，進入相關公司。

「中年菜鳥？明明就是人人爭奪的自由選手吧？」祐太郎笑道。

父親的臉頰浮現尷尬的笑。

就是這樣——祐太郎苦澀地回想。

他剛才的話，也沒有任何嘲諷的意味，父親也沒有當成諷刺吧。即使如此，聽到的人還是會瞬間察覺話中的深意，而說話的人，也會覺得自己不經意的話被過度解讀，彼此陷入尷尬、沉默。父母離婚前的那半年，祐太郎家幾乎沒有對話。彼此都不想傷害對方，生活在沉默之中。

「你媽呢？」

父親問。不是出於關心，只是覺得有義務詢問吧。

「偶爾會連絡。」祐太郎說。「雖然只是確定一下人還活著而已。」

差點脫口說出「進行死亡確認」，讓祐太郎覺得好笑。要多久音訊全無，父親或母親才會採取行動，確定自己的生死？他想著這些。好想去「dele.LIFE」的事務所。這個念頭意外地強烈。即使圭司不在那裡，他也想要躺在老位置的沙發上，喝喝咖啡、吃吃巧克力，閒閒沒事地打發時間。

「她還好嗎？」

「啊，嗯，好像過得不錯。」

「這樣啊。」

「不好意思為這種事找你。」祐太郎說著，站了起來。「我只是想好好討論一下。」

「啊，嗯。」

父親跟著站起來，目光從正面望了過來。

祖母家的所有權轉移、家中遺物的處理、真柴家的墓地管理。祐太郎覺得每當處理好一件事，與父親的緣分就跟著斷了一些。會留到最後的，應該就是鈴的墓吧。但有朝一日，父親也會將它全部交給祐太郎吧。

這樣就好了。

祐太郎無力地微笑，想要對回望自己的父親這樣說。

如果沒有自己，父親和母親或許就可以更平順地面對女兒的死。起碼可以更平順地恢復婚前毫無瓜葛的陌生人關係。但因為有他，兩人無法這樣做。

所以全部交給他就行了。

祐太郎這樣想。

把四人共度的那段歲月全部交給他，轉身背對也無妨。我會一直在這裡，你們只有想要沉浸在回憶的時候回首就行了。

可是，他當然不可能說出口。

「那，拜拜。」祐太郎開朗地舉手。

「嗯，保重。」父親也笨拙地笑著舉手。

隔天早上，祐太郎來到事務所，迎接他的卻是圭司不悅的聲音：

「有夠慢。」

「呃，嗯？跟平常一樣的時間啊？」

「就是跟平常一樣，所以太慢了。你以為上班時間是幾點？」

「呃，感覺好像只要上午到都ＯＫ？」

圭司想要反駁，但注意到祐太郎的表情，蹙起眉頭：

「你怪怪的。」

「咦，沒有啊？」

圭司看似想追問，但懶了似地揮揮手，把土撥鼠的螢幕轉向祐太郎：

「快點上工吧。接到訊號了。」

「委託人是怎樣的人？」

祐太郎說著，將脫下的飛行外套丟到沙發上。

「室田和久，六十二歲。委託內容是電腦一個月無人操作，就刪除裡面的資料，但現在連不上那台電腦。」

「一個月很久呢。」

「有可能是平常不太使用的電腦。先進行死亡確認吧。」

祐太郎來到辦公桌前，望向土撥鼠的螢幕。上面顯示「室田和久」這個名字，緊急連絡方式是手機號碼。祐太郎用手機撥打那個號碼。

『喂？』

有人接聽，但沒有報出姓氏。從聲音聽來，似乎比委託人年輕許多，但並不確定。祐太郎裝出推銷員口吻說：

「啊，請問是室田先生的手機嗎？我是前些日子介紹您茅場町的公寓的業務。」

『茅場町的公寓？』

「我寄了資料過去，室田先生說您有興趣投資……呃，不好意思，請問是室田先生本人嗎？抱歉，聲音好像不太像……」

如果是本人，說明理由掛斷就行了。結果不是。

『我爸——』對方說到一半改口。『室田和久過世了。我沒聽他提過公寓的事，不太清楚。』

對方似乎就要掛電話，祐太郎急忙出聲：「咦？過世了？」

祐太郎向圭司使眼色，將手機打開擴音，放到桌上。

「我不知道這件事，真是太抱歉了。請問是什麼時候的事？」

『已經兩星期了。是急性主動脈剝離——這你知道吧？因為太突然，家人也都嚇了一跳。』

祐太郎計算，如果是六十二歲的室田和久的兒子，再怎麼年輕，應該也是二十五歲左右吧。但以這個年紀來說，應對有些幼稚。

「請節哀順變。如果不妨，我可以去上個香嗎？」

『呃，這……』對方支吾起來。應該是不想被打擾。『最近好像要在醫院辦追思會，請去那邊上香吧。』

醫院會為過世的病患舉辦追思會嗎？祐太郎疑惑地看圭司，圭司也一臉懷疑地回看他。祐太郎決定深入一點追問：

「呃，請問醫院是……？」

『啊，說的也是，那不叫醫院呢。』

回應的聲音帶著苦笑。

『是診所。家父擔任理事的大越美容診所。請去那邊問吧。』

再見——對方說，這回不等祐太郎出聲，已經掛了電話。

「看來這次的案子有點棘手。」圭司說著，操作桌電。

「電腦的話，一般不是放在自家，就是職場吧？」祐太郎問。

「是啊。這就是他的職場嗎？」

祐太郎繞過桌子，探頭看圭司正在看的螢幕。是「大越美容診所」的官網。除了新宿的總院，好像在東京都內和神奈川、千葉也有，共有六家診所。以淡粉紅色為基調的網站上佈滿了「雙眼皮」、「抽脂」、「拉皮」、「隆乳」等文字。

圭司點開「診所介紹」，上面有理事長室田和久與年輕院長的照片。院長大越勝其貌不揚，完全撐不起那身亮色西裝，但理事長室田有一頭優雅的灰髮，十足紳士風貌。以對談形式闡述整形美容手術在社會及心理方面好處的文章底下，介紹了兩人的經歷。

「原來以前在相和醫科大學當教授。」圭司看著履歷說。「怎麼會跑來這種地方當理事？」

「……相和醫大？」

祐太郎喃喃，圭司抬起頭問：

「怎麼了嗎？」

「啊，不，沒事。前醫大教授跑去診所當理事很奇怪嗎？」

「只要當上醫大的教授，一般來說都可以做到退休。委託人六十二歲，是三年前當上理事的。我不知道相和醫大的退休年齡是幾歲，但不可能低於六十。退休前辭掉醫大的教授職務，跑去美容診所當理事，雖然也不到奇怪，但有些不自然。更別說他原本在名氣響亮的相和醫大任職，一般應該都會做到退休。」

「會不會是被重金挖角？這種診所很賺吧？」

「對診所來說，帶著相和醫大教授的頭銜來當理事長，好處應該更大。不太可能是特地挖角來的。」

「這樣啊。」

「不過在這裡猜測轉職的原因也沒有意義。問題是電腦在哪裡。」

「或許在整理過世的理事長的辦公桌時，把電腦也處理掉了。要問問看診所嗎？」

「問？具體上你打算怎麼說？」

祐太郎想了一下：

「你們診所的電腦似乎中毒了，我們想要查出感染源，把所有的電腦連上網路吧——這樣如何？」

「這樣說的你是誰啊？」

「啊……誰呢？資訊服務公司？」

這次換圭司想了一下：

「這種規模的診所，系統管理很可能是外包的。如果是你聽到這話會照辦嗎？」

「只是打開電腦連上網路而已吧？就是弄成平常可以使用的狀態吧？我覺得會。」

「這樣啊，或許吧。」圭司點點頭，將抽屜取出的ＵＳＢ隨身碟插進桌電裡。「那就讓它感染一下吧。」

「咦？」

「這樣比較有說服力。」

「啊，呃，是這樣沒錯，不過做得到喔？」

正要轉向鍵盤的圭司抬頭，一臉不可思議地看著祐太郎。

「啊，做得到是吧。」

「如果要照你的劇本做，反正也得查出是哪家公司負責系統管理，只是順便而已。」

圭司說得輕描淡寫，操作鍵盤。螢幕出現兩個視窗，文字自動冒了出來。圭司的手離開鍵盤，偶爾動動滑鼠，看著流動的文字。不久後，一個視窗關上，另一個視窗打開，一樣自己跑出文字來。這段期間，又有其他視窗打開，文字冒出來。祐太郎可以猜出應該是有幾個程式彼此協同進行同一項作業，但個別程式具體上在做些什麼，即使要求說明，他也實在不可能理解。圭司眼角瞥著螢幕，用其他螢幕開始搜尋「大越美容診所」的資訊。這邊似乎還能理解，祐太郎問：

「你在做什麼？」

「查一下資料，好寄送附上惡意軟體的假電郵。你可以去那邊等，一下就好了。」

被草率地打發，祐太郎回到老位置的沙發坐下。但不巧身邊沒有雜誌也沒有報紙，他無所事事，忽然靈機一動：

「下次我可以帶小玉先生來嗎？」

圭司沒有應話。

「小玉先生，我家的貓。」祐太郎又問。

圭司的目光只離開螢幕一秒，掃向祐太郎：

「為什麼？」

「也沒為什麼，只是覺得讓牠在這裡玩應該滿不錯的。我也想把牠介紹給圭認識。再說，沒工作的時候，你還有電腦可以玩，但我無聊得要死耶。」

「把貓帶來讓你排遣無聊？你尊重一下工作和貓好嗎？」

「啊，對耶。嗯，說的也是。」

祐太郎無聊地等了一會兒，圭司抬頭：「好了。」

「好了？」

「可以打電話給診所了。診所裡的電腦應該全部中毒了。」

「咦？已經好了嗎？」

「實際上那只是會自動增殖，不會搞破壞的程式，但如果用診所的安全軟體掃描，應該會判定是蠕蟲。」

「蠕蟲？病毒嗎？嗯？你讓安全軟體會判定是病毒的病毒，感染了有灌安全軟體的電腦嗎？咦？怎麼做到的？」

「要說明很簡單，但要解釋到讓你聽懂很困難。你想聽嗎？」

「啊，不，不用了。」

「這是承包診所系統管理的公司。」

圭司將螢幕之一轉向祐太郎。祐太郎離開沙發，回到桌前。螢幕上是建構、管理辦公室ＩＴ環境的「ＩＴ鉅力科技」的官網。

「圭，你來打會不會比較好？你比較懂。」

「我不像你那麼會信口開河，演技也沒你好。」

這麼說著的圭司臉上泛著苦澀的笑。是一種苦笑與自嘲摻半、祐太郎從沒見過的表情。看起來也像是在為了其他的事而笑。

「喔，這樣。」

祐太郎把手機放到桌上，開擴音打到診所。櫃台轉給行政負責人。祐太郎打算只要對方稍有懷疑，就說轉接上司，推給圭司，但負責人照著祐太郎說的，為使用中的電腦掃毒後，驚慌地要求支援：

『好像真的中毒了，該怎麼辦……呃，請問要把電腦全部關掉嗎？啊，可是現在正在上班，沒辦法呢，不能關機。』

「不必關機。我們掃出病毒時，就已經做出處理了，不必擔心病毒會作亂。但我們想查出是從哪一台感染的，可以請您讓診所內所有的電腦都連上網路嗎？」

『診所裡所有的電腦都在網路上。』

「真奇怪。現在我們這邊的人員正在檢查，但找不到感染源。而且似乎是一個月左右前中毒的。這段期間，有沒有哪一台電腦沒有連上網？」

『一個月前……啊，理事長的電腦。有的，有一台電腦最近沒有連上網。』

「請將它連上網路。」

『啊，可是那台電腦是前些日子過世的理事長的私人物品，已經不在這裡了。』

圭司迅速敲打鍵盤。螢幕上顯示文字：『居然讓私人電腦連接內網嗎？』

「居然讓私人電腦連接內網嗎？」祐太郎揚聲問。

『抱歉，這在安全上確實是有問題，但對方是理事長……』

『嘆氣』——文字顯示。

祐太郎嘆氣。圭司點點頭，像在稱讚做得好。

「那麼，那台電腦現在在理事長家嗎？」

『啊，嗯，私人物品應該都由理事長的兒子帶回去了，我聽說理事長的兒子單身，和理事長夫婦住在一起，應該在理事長家。』

「這樣啊。」

『請問，我該怎麼處理才好？』

「毫無疑問，那台電腦就是感染源吧。不過考量到過世的理事長的聲譽，這次還是私下處理比較好吧。」

『私下處理……？』

「目前診所內的電腦已經處在安全的狀態，接下來只要交給我們，我們會妥善處理。」

一段考慮祐太郎發言般的停頓後，負責人探詢地問：

『不必通知我們院長也沒關係嗎？』

「是的。」

『那太好了。』

負責人鬆了一口氣，毫不懷疑地將室田和久的住家地址和電話告訴了祐太郎。

「吉祥寺嗎？我過去看看。」祐太郎掛了電話說：「繼續用這招沒問題嗎？」

「要看對方吧。如果對方熟悉科技資訊，光靠演技矇騙，也有個限度。」

「唔……該怎麼做呢？」

圭司想了一下，喃喃說「向本人確定好了」，拿起辦公桌上的電話，打到室田和久的住家號碼。對方似乎很快就接聽了。

「您好，我是負責『大越美容診所』ＩＴ系統安全的公司，『ＩＴ鉅力科技』──」

圭司說到這裡語塞了。祐太郎知道他是在遲疑要用本名還是假名。

『──敝姓佐藤。』

說出口的菜市場姓氏讓祐太郎差點笑出來。但圭司停頓的部分只有這裡。他告知診所的電腦系統中毒，並詳加說明狀況，約好要檢查室田和久的電腦。

「那麼，我們立刻派人過去……好的，非常感謝您的配合。那麼晚點見。再見。」

圭司講了約五分鐘，掛了電話，祐太郎拍手叫好：

「胡扯的技巧和演技都很高明啊。」

「學你的。」圭司不悅地應道。

「接電話的是剛才的兒子？」

「對。肯定是個科技白痴。他們家好像有Ｗｉ－Ｆｉ，你當場開機連上網路，假裝檢查就行了，我會從這邊刪除。」

「好。啊，我就穿這樣去嗎？」

「你是ＩＴ企業的技術人員，穿這樣沒問題吧？但背包實在不太行，拿那個皮包去吧。」

圭司用下巴比比事務所角落的皮革公事包。

「為了慎重起見，把裝有遙控程式的隨身碟也帶去。還有名片，現在做給你。」

委託人室田和久的住家位在吉祥寺站徒步約十五分鐘的閑靜住宅區。是一棟和風住宅，雖然不到豪宅的程度，不過有可以寬敞地停放一輛車的停車位和小庭院。

「您好，我是『ＩＴ鉅力科技』人員。」

祐太郎刻意換了副異於第一通推銷電話的口氣，對著門鈴對講機說。玄關門打開，一名體形圓胖的男子熱情地迎接祐太郎。

「啊，請進請進。」

男子穿著成套黑色運動服，外罩藍色棉袍。粗硬的頭髮睡得亂翹，臉上還有鬍渣。

「敝姓真柴。這次非常感謝您的配合。」

祐太郎遞出圭司做的假名片。男子看到那張名片，表情頓時一沉：

「真柴先生……？」

男子細細端詳收下的名片。祐太郎有些慌了：難道對方起了疑心？

「呃，剛才負責人佐藤有致電……」

「啊，是，電腦的問題對吧？對，我聽說了。請進，這邊請。」

「真抱歉，室田先生才剛過世，就來打擾。」

「哪裡，不會。」

祐太郎脫鞋入內時，男子任意自我介紹起來：

「啊，我是他兒子，我叫一郎。從名字就可以知道，是試作初號機。不過不巧的是，沒有後來的二郎或三郎。」

室田一郎說完，自己「啊哈哈」地笑了。在電話中也這麼感覺，與外表年齡相比，他的說話應對頗為幼稚。

「啊，抱歉沒有拖鞋。在二樓，請上來。」

祐太郎跟著一郎上樓梯。

「請問，您今天不用上班嗎？」

「我的工作是幫忙家務，家裡就是我的職場。」

「喔，幫忙家務。」祐太郎點點頭。「喔，家裡就是職場，這樣啊。」

他想不到還能怎麼回應。

「沒辦法，我是不中用的初號機。我爸和我媽原本千方百計要讓我進醫學系，一直試到我都超過二十五了，好像才終於死了這條心。這兩年左右，他們夫妻都把我當成空氣一樣過日子。我是覺得很抱歉啦，但就是沒那方面的才能嘛。」

說完後，他又「啊哈哈」地笑了。

祐太郎不知道該怎麼接話，曖昧地點點頭「喔」了一聲。

一郎把他帶進二樓三個房間的其中一間。應該是室田和久生前的書房，裡面有張大書桌，牆邊有書櫃，但桌上和書櫃都一片空蕩蕩，房裡擺了許多打開的紙箱。

「我正在整理這個房間，想要以後我自己用。啊，請坐。」

一郎說著，蹲到桌旁的紙箱邊，取出筆電和電源線。他把筆電放到桌上，將電源線插進插座。

「我看看。」

祐太郎順著在桌前坐下，打開筆電並開機。視窗出現，要求輸入ＰＩＮ碼。

「啊，我不知道密碼耶。」

在祐太郎背後看著的一郎說。

「啊，沒關係，這沒問題的。我打一下電話。」

祐太郎取出手機，打了電話。圭司立刻接聽了。

「啊，佐藤先生，辛苦了，我是真柴。我現在打開室田先生的電腦了，你那邊確認到了嗎？」

『沒辦法。』圭司的聲音回道。

「呃，這表示是什麼狀況？」

『這表示委託人安裝我們程式的電腦，不是你開機的那一台。委託人委託刪除的資料，不在那台電腦裡面。』

「啊，原來如此。」祐太郎說。「那麼，在現場這邊，我應該怎麼處理？」

『找出委託人的其他電腦，連上網路。』

「這應該依什麼步驟……」

祐太郎聽到聲音抬眼望去，一郎似乎覺得無聊，打開書桌旁的邊几，查看裡面的東西，開始分別放進紙箱裡。

『我想先看看那台電腦裡面有什麼，或許可以查到其他電腦的所在。把我給你的隨身碟插進去。其他也只能向家屬打聽了。』

「好的，那麼我等一下再回報。」

祐太郎掛了電話，將公事包裡的隨身碟插進電腦。他轉動椅子對一郎說：

「不好意思，可以讓我看看室田先生使用的其他電腦嗎？這台電腦現在正在解毒，但它似乎不是直接的感染源。我想應該是室田先生其他的電腦中了毒，把資料從那裡移過來的時候，感染了這台電腦。」

「其他電腦嗎？呃，可是我爸就只有這台電腦啊？」

如果使用的唯一一台電腦裡面沒有資料，其他還有可能是哪裡？祐太郎尋思了一陣，卻毫無頭緒。關於委託人室田和久的資料太少了。

「室田先生會在其他地方使用電腦嗎？」

「我爸平常就只會在家裡跟診所來回而已，我想他應該不會在其他地方用電腦。他跟我不一樣，應該不會去網咖吧。」

一郎說完，又說「啊，我很喜歡網咖，比待在家裡還要自在」，然後又「啊哈哈」地笑了。

「應該不可能去網咖呢。」祐太郎客套地陪笑，接著問：「請問令堂……室田夫人呢？」

一郎看起來不像個壞人，但實在不可靠。如果是存放特別的資料的電腦，即使沒有告訴兒子，或許會對妻子提過。

「我媽現在忙著跑銀行跟證券公司，還有找代書跟稅務士什麼的。因為我爸走得太突然，後續處理什麼的，好像很辛苦。」

一郎說得完全事不關己，又「啊哈哈」地笑了。他似乎沒有設想過喪夫的母親會有多麼地傷心苦惱。也有可能是母親認為與其交給兒子，自己處理更確實，所以吩咐他待在家裡。

「我覺得就算問我媽也一樣，你要等她回來嗎？」

「唔，這個嘛……」祐太郎歪頭。對方都說得這麼白了，也不好說要等。「您真的想不到其他令尊會使用的電腦嗎？」

「我想應該是沒有啊。」

「這樣啊。」

看來即使繼續追問，也問不出什麼結果。只能期待圭司從眼前的電腦挖掘出某些有用的資訊。

祐太郎不再詢問後，一郎繼續整理邊櫃。祐太郎不知道隨身碟要插多久才夠，假裝操作電腦，拖延一點時間。

「這東西怎麼還留著……」

祐太郎循聲望去，一郎正把一張證件卡掛到自己的脖子上。一郎注意到祐太郎的眼神，笑道：

「這是醫大的附屬醫院的職員證。居然還留著這種東西，是還放不下嗎？」

一郎看了職員證一會兒，從脖子上取下來，丟進其中一個紙箱。

「啊，令尊以前也在附屬醫院上班嗎？」

「對。比起大學，在醫院那邊待了更久吧。與其說是教授，感覺更是個醫生。」

「令尊怎麼會辭掉醫大，去當診所的理事長？」

祐太郎問，心想即使無法問出電腦的所在，或許也能得到其他線索，結果一郎大刺刺地回答：

「喔，你是在問他為什麼被大學開除嗎？」

「咦？他是被開除的嗎？」

「三年前，相和醫大附屬醫院發生過資訊外洩事件。說是附屬醫院的電腦中毒，資料外流，好像很嚴重。職員的個人資料和醫院的財務資料那些也就罷了，連病患的個人資料都外流了。院方對外宣稱是惡質的駭客攻擊，唔，這也不算撒謊啦，不過正確地說，好像是因為內部人員把奇怪的程式灌進醫院的電腦裡造成的。然後說那是我爸搞的。」

「真的是這樣嗎？」

「我爸是否認啦。可是，院內的專門小組的調查結果說是，所以應該就是吧。我猜可能連他自己都沒發現，不小心弄的吧。聽說因為這樣，那家醫院現在在數位資訊方面安全措施變得非常嚴。這次的病毒也是我爸害的吧？他好像跟電腦犯沖呢。」

祐太郎也不能招出「這次的是唬人的」，只能曖昧地回笑說：「也是有這種事呢。」

「我爸被究責，遞出辭呈。形式上是自願離職，但實質上是被開除。大學可能也覺得有點過意不去吧，所以介紹他去校友開的診所任職。」

「哦，原來是這麼回事啊。」

祐太郎覺得爭取了差不多的時間後，拔掉隨身碟，站了起來。

「啊，弄好了？」

「對，這台電腦可以正常使用沒問題了。」

「不過我不知道密碼，所以沒辦法用。辛苦了。」

祐太郎跟著一郎離開房間，走下樓梯。在玄關穿上運動鞋後，回望一郎，行禮說：

「今天真的很感謝您，關於另一台電腦，如果想到什麼，請打名片上的電話。」

「啊，好。」

一郎從棉袍口袋掏出祐太郎的名片，再次端詳，微微歪頭，抬起頭說：

「請問，真柴先生不認識我爸吧？」

「咦？不認識。令尊是我們客戶『大越美容診所』的理事長，只是這樣而已，我並沒有見過他。」

「也是呢。不好意思，因為我覺得你對我爸好像有點興趣。」

先前認定一郎是個遲鈍傢伙的祐太郎內心一涼。但一郎沒注意到，接著說「而且」，又望向名片：

「而且，真柴這個姓，跟我們家有點關係。」

「關係？」

「啊，嗯。」一郎從名片抬起頭來，輕笑說：「大概一年前的事了吧，有人打電話找我爸，我爸不在，是我接的，可是我忘記對方的姓了。別看我這樣，我這人只有記憶力還算不錯。不過那個時候，我怎麼樣就是想不起來對方應該有提到的姓。記得是『真』開頭，不是真田、也不是真島——我這樣說，我爸就問『是不是真柴』。被這麼一問，我覺得好像是，至少好像比真田或真島接近。我這樣說，結果我爸大罵：什麼叫覺得好像是！冷不妨賞了我一巴掌。我真的嚇死了。因為我這輩子從來沒有被我爸打過。我爸好像也覺得尷尬，向我道歉。結果打那通電話來的，真的是叫真柴的人。我爸那時候再三叮嚀，如果那個真柴再打電話來，無論如何都要接給他。我問真柴是誰？我爸說跟我沒關係。」

「後來那位真柴有再打電話來嗎？」

「這麼說來，沒有耶。那到底是怎麼回事呢？我半開玩笑地問我爸是女人嗎？我爸說可能是男的，也可能是女的。」

「令尊也不知道是男是女嗎？」

「喏，很奇怪對吧？只知道真柴這個姓，連是男是女都不知道，居然在等這種人的連絡。」

不——一郎歪頭。

「那與其說是等，更像是害怕接到那個人的電話。」

「害怕？」

「仔細想想，我爸都死了，事到如今已經沒辦法知道那是怎麼回事了。哎呀，即使看似平凡，人死後還是會留下謎團呢。」

一郎的話，祐太郎幾乎沒有聽進去。

「令尊是整形外科的醫生吧？」

「啊，不是，雖然他後來跑去醫美診所當理事，但他不看診，也不動手術，只是擺門面的。我爸原本的專科是——」

「……心血管內科？」

「對，他是心血管內科的主任。咦？你居然知道。」

「喔，沒有，只是猜的。」

「什麼？猜的……？」

「打擾了。我告辭了。」

祐太郎再次向一郎行禮，離開室田家。他快步走向車站，忍不住喃喃低語：

「為什麼事到如今才又出現？」

他忘我地不斷移動雙腳。快步移動不知不覺間變成了奔跑。祐太郎絆到人行道的高低差，差點往前栽倒，停下腳步。他雙手扶膝，對著腳下的柏油路重重地啐道：

「為什麼事到如今才又出現！」

一回到事務所，祐太郎便目不斜視地走到圭司的辦公桌前。他自己也知道表情僵硬，卻不由自主。

「室田和久的資料，查到什麼了嗎？應該還沒有刪除吧？另一台電腦在哪裡？」

瞬間圭司似乎愣了一下，但他滿不在乎地迎視祐太郎殺氣騰騰的眼神。

「你怎麼了？」

圭司的沉著令祐太郎氣惱，他雙手猛地一拍桌子：

「電腦在哪裡！」

圭司打開土撥鼠，操作鍵盤和觸控板。

「我查過室田的電腦了，但看不出另一台電腦在哪裡。其他得到的線索也不多。倒不如說，室田不是個很活躍的人。他有個高中同學，偶爾會連絡近況，但內容平凡無奇。信用卡公司網站的帳密用瀏覽器自動儲存，所以我查到他的信用卡消費記錄，但沒買什麼特別奇怪的東西。他應該很有錢，但花費至多就只有偶爾和太太出門旅行，其他好像連休閒嗜好都沒有。他幾乎是過著隱士生活，完全不像個醫美診所的理事長。」

「意思是沒有線索？」

「沒有。」

圭司把土撥鼠的螢幕轉向祐太郎，就像在問：要看嗎？祐太郎克制住再次拍桌的衝動，離開辦公桌前。他倒向沙發似地躺下，閉上眼睛。

「你不解釋一下嗎？還是不想要我過問？」

聽到圭司的聲音，祐太郎用手蓋住閉上的眼皮。那個情景再次浮現腦海。燦爛的陽光。夏季的庭園。水管噴灑出來的水。淡淡的彩虹。戴帽子的少女。回首輕柔地一笑。身後搖擺的向日葵。

祐太郎開口：

「室田和久因為三年前讓相和醫大附屬醫院的電腦中毒，被大學究責開除了。在那之前，他一直是附屬醫院的醫生。」

圭司「哦？」了一聲：

「這怎麼了嗎？」

「他在醫美診所只是個擺門面的理事長，原本的專長是心血管內科。」

「不是整形相關，令人意外，但這有什麼值得生氣的？」

「九年前，相和醫大附屬醫院有一名接受新藥臨床試驗的病患過世了。當時正值國家把新藥研發列為日本成長產業之一、大力扶植的時期，因此媒體爭相報導。院方也開了記者會，說明病患服用的不是新藥，而是安慰劑的葡萄糖，病患的死亡與臨床試驗無關。但病患死後沒多久，該病患年輕的主治醫生拜訪家屬，說病患的死，有可能是新藥的副作用導致。」

『從臨床試驗的數據資料來看，病患服用的很有可能是新藥。請調查看看吧。家屬的話，應該有辦法調查。』

那個醫生看起來人很笨拙。那種笨拙，看起來像是不成熟，也像是誠懇。

「家屬想要知道真相，決定對醫院提起訴訟。結果頓時遭到了各種阻撓妨礙。」

「阻撓妨礙？」

「病患的父母開始接到久未連絡的朋友、或完全沒有往來的親戚不自然的連絡。

『我看到新聞了』、『我聽說那件事了』，這麼說著連絡的那些人，卻不知為何異口同聲地勸病患的父母放棄提告。『你們只是太傷心了，無法做出合理的決定而已』、『你們過世的女兒也不希望你們這麼做』、『這樣對你們沒有好處』——即使聽起來很合理，但會突然連絡，本身就很不自然。」

輪椅移動的聲音。祐太郎知道圭司離開辦公桌靠過來了。他閉著眼睛繼續說下去：

「沒多久，網路開始傳出莫名其妙的流言：以前被新聞報導的那家人控告醫院，狠削了一大筆賠償金，現在又歸咎是國家大力推動新藥研發導致，想要提起行政訴訟。」

『他們根本是想靠死掉的女兒過一輩子嘛』、『這是新的A補助金手法嗎？』

祐太郎看過太多充滿惡意的留言。

「但家屬仍繼續準備提告，結果病患的父親突然被任職多年的建設公司要求自願離職。理由完全無法接受。一名工人在施工期間從高處墜落，受了重傷。施工當時沒有做好安全防護措施，因此公司被勞動基準監督署函送法辦。病患的父親在公司被追究責任。病患的父親不是監工，也不是工人的上司，而是設計部門的人，卻要他負責。公司高層說，安全設計也屬於設計部的責任範疇，病患父親聽到這話，整個人都傻了。」

圭司的輪椅聲在祐太郎前面停了下來。

『上頭太可怕了。』

當時他聽見父親這樣喃喃。

『上頭？』當時讀高中的祐太郎反問。

『勞動基準監督署的主管機關是厚生勞動省。而現在主導讓新藥研發成為國家成長產業支柱的，也是厚勞省。』

『這……』

『國家對公司施壓了。如果我這樣說，大家一定會笑我，說這種陰謀論根本是被害妄想。』

「病患的父親拒絕自願離職，被調到專業完全不同的業務部門，要求達到難以置信的業績標準。他為了工作疲於奔命，沒時間準備提告，終於向公司遞出辭呈。但家屬仍打算抗戰下去。然而應該是重要證人的主治醫生卻突然反悔了。他打電話來說『那是我搞錯了』，就此從家屬面前消失。沒多久，就連一起準備官司的律師，也開始勸家屬打消念頭。說是勝算渺茫。」

『打官司要花錢的。而且是難以想像的數字。』

祐太郎到現在都還記得來到家裡，這樣對父母說的律師的嘴臉。

『如果考慮到將來，兩位撐得下去嗎？兩位的孩子不是只有過世的鈴妹妹吧？』

律師說著，瞄了祐太郎一眼。看到那張臉，祐太郎想：這傢伙到底是對什麼害怕成那樣？

「回神一看，家屬孤立無援。感覺就像自以為熟悉的世界，一下子變成了徹底陌生的異境。只有他們一家人突然被全世界拋下了。古時候遭到全村制裁孤立的人家，一定就是這種感覺吧。」

小事的話，還有更多數不清的騷擾。

應該拿去丟在垃圾回收場的垃圾，被扯破袋子撒在玄關前。連續好幾天接到號碼不一樣的惡作劇電話，還收到過斷頭娃娃的宅配包裹。這段期間，長年未連絡的老朋友、沒什麼往來的遠親仍不斷地連絡。那是你們在被害妄想、被害妄想、被害妄想……

「最後一根稻草，是主治醫生的死。打來那通反悔的電話以後，怎麼都連絡不上的年輕醫生，開車衝進海裡死掉了。」

就祐太郎所知，醫生之死最後未能釐清是意外還是自殺。但沒有被當成他殺偵辦。

「原本積極地——或者說近乎病態地、著了魔似地準備提告的病患父母，一下子放棄訴訟了。那不是醫療事故、女兒是病死的。他們硬是這樣說服了自己。」

老朋友和遠親們就此停止連絡，網路上的流言蜚語平息下來，奇妙的騷擾行動也停止了。父親的公司以優渥得離譜的條件，介紹逼迫離職的員工新的職場和職位。院方匯來了大筆慰問金，表示是「私人慰問」。然後，祐太郎的家庭靜靜地崩壞了。

「主持那次臨床試驗的，就是相和醫大附屬醫院的心血管內科。」

「在那場臨床試驗中過世的——」

祐太郎睜開眼睛：

「沒錯，就是真柴鈴，我妹。」

祐太郎和圭司好半晌都沒有出聲。兩人沉默著，就像封閉在各自的思考當中。先開口的是圭司：

「你認為這次的委託人室田和久委託刪除的資料，和那件事有關？」

「室田和久害怕叫真柴的人連絡。他兒子說不知道那是男是女，但應該不是這樣。不是不知道是男是女，而是男女都有可能。室田和久一定是認為我父母都有可能連絡他。我知道的只有死掉的主治醫生，但準備提告的我的父母，應該也知道負責人的心血管內科主任室田和久的名字。室田和久是在一年前告訴他兒子這件事的，所以是我妹過世八年後。都過了這麼久的時間，室田和久依然在害怕。那果然是醫療事故，被人動手腳掩蓋起來了。既然如此，一定有證據留在某處。」

祐太郎一股作氣地說完後，又搖了搖頭：

「啊，不對，如果是對自己和醫大不利的資料，應該會刪除吧。對吧？」

祐太郎躺在沙發上，望向圭司。

「我是不是不正常了？因為奇妙的巧合接觸到室田和久，所以才會妄想這些不可能的情節嗎？這果然是被害妄想嗎？圭，你覺得呢？」

圭司移動輪椅，經過祐太郎前面。他撿起地上的籃球，開始拍動。咚、咚、咚，他默默地維持這有力的節奏一會兒，然後開口了：

「確實，對自己不利的資料卻不刪除，一直保留，實在說不過去。如果你妹妹的死亡是醫療事故，而院方想要隱瞞的話，應該會立刻刪掉所有的相關資料才對。」

圭司強而有力地拍打著球說。

「就是說呢。」祐太郎點點頭。

咚、咚的節奏停止了。

「但如果那是有利的資料呢？」

「咦？」

圭司把球放到膝上，將輪椅轉向祐太郎：

「在新藥的臨床試驗中，病患因為藥物副作用過世了。但藥廠已經對新藥的研發投注了莫大的研發費用。對藥廠而言，新藥無論如何都必須上市才行。而接受藥廠大筆捐款的醫院揣摩上意，隱瞞了醫療事故。但儘管只有一個人，仍有人因為那種藥而死亡，不能就這樣直接上市，當然需要改良。要改良新藥，死去的病患的資料是不可或缺的，因此非保留下來不可。」

「意思是即使想要刪除，也沒辦法？」祐太郎撐起上身。「這樣就有可能呢。」

「你妹妹的資料，被相和醫大附屬醫院和藥廠私下保存著。室田和久因其他原因被迫辭去教授職位時，悄悄地帶走了那份資料，做為籌碼和醫大談判，說他可以辭去教授職位，但要醫大拿其他職位來換。院方在室田和久的脅迫下，拜託事業有成的校友，為室田和久準備了診所理事長的位置。如此這般，知名醫大的前教授便成了理事長。對診所來說，這筆交易並不壞。除此之外，醫大和附屬醫院或許也給了診所某些方便。」

「如果這樣的話，室田和久絕對不會刪掉那些資料呢。畢竟那是保住他現在的地位的武器。」

「沒錯。然後，他應該不希望死後被任何人看到這些東西吧。因為這也是他的惡行的證據。」

雖然順理成章，卻沒有任何根據。即使如此，祐太郎依然認為真相就在其中。至少他覺得這遠比他們勉強吞下的「病死」這種結論更接近真相。

祐太郎覺得身體深處在顫抖，咬緊了牙關。

「如果真的是這樣，那就太自私了。都死了一個國中女生，他們居然能那樣自私。」

「你要怎麼做？」

「找到那些資料，公諸於世。我要把那時候發生了什麼事全部昭告天下，把牽扯其中的人全部拖出來。」

九年前，祐太郎確實感覺到有人在黑暗中注視著他們一家人。是要吞下甜美的謊言，還是踏上荊棘遍布的道路？躲藏在黑暗中的醜惡怪物屏息注視著他們一家。他們一家所屈服的對象，是否不是甜美謊言的誘惑、也不是荊棘之路的艱辛，而是默默注視的怪物所散發出來的駭人氣息？現在祐太郎這麼感覺。他們是否承受不了去正視那種醜惡，所以別開了頭？橫豎鈴再也不會復生了——他們逃進這樣的藉口當中。

「九年前就應該這麼做的。這次我一定要做。圭，如果你要照著委託把資料刪除，我——」

「別胡說了。」

圭司目瞪口呆地冷哼一聲，粗魯地把籃球扔向祐太郎。

「一定要找到那些資料。」

「謝謝你。」

祐太郎把接到的球丟在沙發上，站了起來。圭司又哼了一聲，移動輪椅。

「室田的另一台電腦會在哪裡呢？」

祐太郎跟上圭司，來到辦公桌前。

「依現狀來看，無從找起。但我們已經沒必要從電腦刪除資料了。我們只是要得到那份資料。」

「不管怎麼樣，都只能找到電腦吧？」

「不，如果真的就像我們所想的，資料不只存在於室田的另一台電腦，相和醫大附屬醫院應該也有相同的資料才對。」

「那，只要進入醫院的系統……」

「沒錯。但病患的資料保管得相當嚴密，即使能夠破解，要把資料全部搬走，應該也很困難吧。我想知道你妹妹的資料被如何歸類、存放在資料庫的什麼地方。所以……」

圭司操作滑鼠和鍵盤，將桌電的螢幕轉向祐太郎：

「你去探探消息吧。」

「山下和巳？」祐太郎看著螢幕問。

「是相和醫大附屬醫院心血管內科現在的負責人。三年前就任的，所以是接室田和久的位置。如果那場臨床試驗是心血管內科主持的，資料或許也交到他手裡了。」

「可是，他會見我嗎？」

「當然會。前任心血管內科主任過世，他的兒子前去致意，沒道理不見吧？」

祐太郎在附屬醫院的職員通行門附近等著，一身白袍的山下和巳比約定的時間晚了五分鐘現身了。

「你就是室田一郎嗎？」

個子很高。祐太郎看過他的個人檔案，知道他今年五十二歲，但如果不知道，應該會以為比實際年齡年輕個五歲。笑容很陽光。

「啊，是的。」祐太郎行禮。「家父生前承蒙您多方照顧了。今天是想來向您致意一聲……」

「你也太多禮了。」山下笑道，然後收起笑容說：「啊，不，這不是該笑的事呢。」他行了個禮：「令尊的事令人遺憾，請節哀順變。」

「是。」祐太郎回禮。

「不過，其實我和令尊幾乎沒什麼交流。啊，這樣說也太刻意了呢。既然你都來了，上來坐坐吧。」

山下說，打開剛走出來的職員通行門。

「上去？」

「心血管內科的主任室。我來之前一直是令尊的辦公室。喝杯咖啡再走吧。」

「啊，好。」

祐太郎曖昧地點點頭，山下走進醫院裡。祐太郎跟了上去。

醫院裡有許多病患和護理人員。祐太郎配合山下的步調，快步往前走。他曾經陪著妹妹來過這家醫院許多次。院內的景象沒什麼改變，但跟著山下走在一起，感覺就好像走在完全陌生的地方。擦身而過的病患和家屬投以客氣的視線。也有人輕輕頷首，甚或深深行禮。但山下對此彷彿視若無睹，大步向前走。這讓祐太郎瞭解到，病患、家屬和醫生即使身在同一個空間，看到的景象也截然不同。

兩人進入電梯，坐到三樓。三樓的人比一樓少了許多。在櫃台前排隊的病患裡，也有人向山下打招呼，但山下依然視若無睹似的，逕自往前走。

來到走廊深處，山下停在掛著「職員室」門牌的門前。

「你來過這裡嗎？」

「啊，不，沒有。」

「這樣啊。」

山下點著頭，拿起掛在脖子上的職員證，感應門旁的機器。機器的燈號由紅轉綠，山下推開門。

「歡迎光臨心血管內科。」

隔著一片門的內部，不是「醫院」，而是「職場」。裡面有四張桌子，雖是款式普通的鋼桌，但比一般公司的辦公桌大了許多。有些辦公桌很整齊，也有些亂七八糟。辦公桌旁只有一名穿白袍的男子，對進門的山下投以詢問的眼神。

「哦，這位是室田醫生的公子。」

「室田教授的……喔。」

男子點點頭，祐太郎微微行禮。

沒有「請節哀」，也沒有「你好」，祐太郎不知道男子的頷首是何意思。男子就這樣再也沒有看祐太郎。

「這邊請。」

轉頭一看，山下正準備打開房間深處的門。

「啊，好。」

門上掛著「主任室」的牌子。入內之後，前面是簡單的會客沙發組，裡面有張L型木製辦公桌。

「請坐。」

對方勸坐，祐太郎依言在會客沙發坐下來。他把手上的公事包放到膝上。偷瞄一看，辦公桌上有台筆電，但感覺一時難以找到機會把公事包裡的隨身碟插進去。重要的是，他發現飲水機後面還有一張靠在房間邊角的小桌子，桌上蓋有防塵套的物體，看起來像是桌電主機和螢幕。

「那，家裡平靜下來了嗎？」山下在對面坐下來問。

「咦？」

「你說室田醫生是兩星期前過世的吧？家裡已經平靜下來了嗎？」

「啊，嗯。有很多事要處理，像是銀行、證券公司、代書、稅務士那些的。」

「啊，也是。」山下點點頭。

該怎麼把話題帶過去？但祐太郎不認識山下這個人，無從擬定劇本。從山下截至目前的反應來看，比起旁敲側擊，感覺開門見山地詢問，更能得到回應。

「家父以前也在這裡辦公呢。」

「是啊，直到三年前。他應該是五十歲前當上主任的，所以在這間辦公室工作了十年左右呢。」

「這樣啊。」

祐太郎感慨良多地環顧房間後，若無其事地開口：

「對了，山下醫生知不知道叫真柴的人？」

祐太郎以為是出其不意，但山下的表情並沒有變化。

「真柴？」

「家父生前一直惦記著這個人，曾經嚴厲囑咐過我，如果有自稱真柴的人連絡，絕對要轉給他，但家父卻不肯告訴我這個人是誰。現在家父死了，一想到再也沒有機會問他，我實在很好奇這到底是誰。」

「哦，我之前是在別的醫院，跟令尊只有交接的時候聊過而已，對他的私事不太瞭解。」

「我覺得應該不是私事。如果是私事，家母應該會知道。我覺得是跟醫院或工作上有關的人。」

「大學和醫院裡應該都沒有姓真柴的人。」

「病患呢？」

「或許是有吧，但是會嗎？我覺得身為主任的室田醫生，應該不會和病患有私人的往來。」

唔……山下認真地回想著，看起來不像在撒謊。

「這樣啊。」

即使不知道妹妹的名字，也不一定就沒有拿到資料。在那份資料裡，「真柴鈴」這個姓名應該是最無關緊要的。也可能是以「某病患」的形式，在極機密之中交接。

祐太郎決定更大膽地深入追問：

「關於家父辭掉大學的理由，醫生您知不知道什麼？」

「哦，發生了資料外洩事件，室田醫生是引咎辭職的。」

山下瞥了牆壁一眼。似乎是無意識的動作。祐太郎想起牆壁另一頭的男子對自己冷漠的態度。資料外洩事件對醫院來說是重大的汙點，醫院裡每個人都想忘掉室田和久這個名字吧。

「他的工作表現很傑出，真是可惜了。」

山下能這樣說，是因為事件當時他不是這家醫院的人，覺得事不關己吧。

「呃，那件事是真的嗎？」

「我是這麼聽說的，難道還有什麼別的理由嗎？」

「生前家父似乎非常擔心某些事。家父在這裡的時候，是不是犯下了什麼過錯？因為這樣，才被大學用其他理由攆走……」

事實上，妹妹死去和室田和久從大學離職，中間相隔了六年，因此兩者沒有關聯。祐太郎只是想看看山下的反應。

「犯錯喔……」山下喃喃，又「唔……」地低吟，交抱起雙臂。

「沒有嗎？」

「不，這實在不好說。」山下說著，露出苦笑。「畢竟是醫生嘛，免不了會面臨各種死亡。室田醫生是主任，應該知道來本科看診的每一個病患的病情。其中應該也有些病患他覺得本來有可能挽回一命，但都是自己力有未逮。愈是認真的醫生，對這類死亡就愈自責。也許室田醫生也是如此。」

祐太郎好不容易才克制住拍打和山下之間的桌子的衝動。

我不是在講這個！

他想這樣怒吼。

祐太郎垂下目光，隔了一拍呼吸好鎮定情緒，山下似乎誤會了，柔聲接著說：「令尊過世，你身為兒子應該心亂如麻，但我認為室田醫生是值得尊敬的醫生。」

「這樣啊。」

祐太郎抬頭。山下露齒微笑。祐太郎不覺得那張表情是裝的。如果他毫不知情，單刀直入地詢問比較快。

「對了，家父有沒有留下什麼東西在這裡？」

「你是說私人物品嗎？我覺得應該都拿走了。」

「啊，不，我是說有沒有他個人的資料之類的？我想等平靜下來以後，為家父生前的業績做個記錄。我看過家父的電腦，但似乎沒有那類記錄。所以如果這裡有的話，我希望可以看看。當然，在我可以閱覽的範圍內就行了。」

山下的表情浮現一絲警覺：

「與診療資料有關的東西當然不能給外人看。研究成果也是，去大學那邊找找看，或許是有，但如果是尚未發表的內容，應該有點困難。因為那不僅是室田醫生的研究成果，也是相和醫大的研究成果。往後發表的成果中，如果有室田醫生曾經參與的，當然也會列出他的名字，不過很難說呢，畢竟他三年前就離職了……」

山下似乎不是在提防祐太郎在尋找什麼，而是擔心那是他無從答應的要求。

「啊，不是那類東西，有沒有更私人的？像是只有家父一個人在研究，或是鑽研的資料……」

「嗯？」山下刺探地看祐太郎。「我不太懂你指的是什麼，不過那麼私人的東西的話，應該是室田醫生自己管理，不會在這裡吧。」

「那邊那個是電腦嗎？家父是不是用過？」

「哦，那個啊。是電腦沒錯，但已經很舊了。是電腦還是奢侈品的時代留下來的東西，直到幾年前，每間主任室好像都分配了一台。但現在大家都用自己的電腦，我想室田醫生也沒在用。」

「那是多久前的東西？」

「好像是以三、四年一次的頻率換新，但我來到這裡後，還沒有換過。我來的時候就已經是舊電腦了，所以可能已經是六、七年前——不，或許是更早以前的東西了。」

「這樣啊。」

有人敲門，山下還沒有回應，門已經開了。剛才的男子探頭進來：

「醫生，時間到了。」

男子看也不看祐太郎。

「啊，好。」

山下點點頭，轉向祐太郎：

「如果你在意，下次我會檢查看看。不過連能不能開機都不知道。」

山下露出催促的眼神，自己也站了起來。對方都這樣表示了，祐太郎也無法再賴下去。他拿起公事包站起來：

「麻煩醫生了。謝謝您百忙之中抽空接見。」

祐太郎離開附屬醫院後，立刻打電話報告與山下的對話，圭司冷哼一聲：

『沒機會插進隨身碟，山下和巳什麼都不知道。這樣的話，線索就斷了。』

「也不盡然。我大概找到了。」

『找到了？找到什麼？』

「室田的另一台電腦。心血管內科的主任室有一台舊電腦。」

祐太郎在正門附近的公車站長椅坐下來。

『意思是室田之前會出入那裡嗎？』

「室田家還留著附屬醫院的職員證，應該可以用它進去。只要抓準無人的時機，也不是沒辦法溜進去吧？辭去教授職位後，室田仍偶爾會去那裡操作電腦。委託刪除的資料一定就在那裡。」

『因為放在那裡所以不能隨便進去。會設定那麼久，就是這個原因嗎？』

「每個月去一次附屬醫院操作一下電腦。這樣的話，應該也能避免被家人發現。」

『原來如此。』圭司喃喃，問：『那接下來你要怎麼做？』

「去室田家拿到職員證，再回來這裡。」

『你拿到職員證後，先回來事務所一趟。』

「咦？」

『我也一起去。』

「好。」

祐太郎正要掛電話，被圭司的聲音挽留了：

『喂。』

「嗯？」

『如果順利的話……如果順利成功，將一切公諸於世，你就能輕鬆一些了嗎？』

「輕鬆？什麼叫輕鬆？」

『之前你給我看過你妹妹的照片吧？你害怕記憶漸漸淡去。可是記憶這東西，無可避免地就是會日漸淡薄。如果這件事順利，你……就能原諒逐漸淡忘你妹妹的自己嗎？』

這個問題很不像圭司。

「我不知道。」祐太郎說，回望背後。

這家醫院他來過太多次了。小時候，妹妹非常抗拒上醫院。哥哥陪妳一起去！他這樣說，妹妹心情才好了些。祐太郎並不討厭和母親及妹妹三個人一起上醫院。每個月一次，他們會和下班後的父親約在外頭，一起去餐廳吃晚飯。祐太郎甚至想，鈴生病似乎也不全是壞事。

「我不知道。現在的我根本沒辦法去想那些。」

圭司似乎輕笑了：

『對呢。說的也是。』

「不過，我已經不想逃避了。不管最後挖出來的會是多醜陋的怪物，我都再也不想別開目光了。我要把那傢伙拖出陽光底下，看清楚它的廬山真面目，狠狠地揍它一頓。」

一道粗重的喇叭聲引得祐太郎轉頭。公車來了。擋風玻璃裡的司機用「要上車嗎？」的眼神看祐太郎。這個站牌有三線公車經過。就在祐太郎正要點頭時——

「我要上車！」

小女孩的聲音傳來，祐太郎回看身後。一個約小學低年級年紀的小女孩從醫院大門跑出來，對著公車用力揮手。司機的眼神在微笑。

「我很快就回去。」祐太郎說。

『嗯，我等你。』圭司應道。

祐太郎掛了電話，跟在跑過來的小女孩和貌似母親的婦人後面，一起上了公車。

「幸好坐到了！」

小女孩興奮的聲音，不知不覺間和妹妹的聲音重疊在一起。

2

就像山下和巳說的，心血管內科主任室的電腦似乎長時間無人使用。防塵套布滿灰塵，網路線和電源插頭都拔掉了。對於想要隱藏資料的室田來說，感覺再也沒有比這台電腦更適合的地方了。祐太郎將網路線插進插孔，電源線也插入插座。圭司啟動電腦。

「我去外面把風。」

祐太郎將無線耳機塞進一邊耳朵，把圭司留在主任室，走出心血管內科的職員室。已經晚上十點多了，三樓的燈光幾乎都熄了。祐太郎移動到心血管內科的候診區，坐在長椅上。這裡可以同時監看來自電梯和樓梯的人，如果有人要靠近職員室，就必須叫住那個人，拖延時間讓圭司離開。但用不著等，耳機便傳來圭司的聲音：

『不對，也不是這台電腦。這台沒有安裝我們的程式。』

「我還以為就是它。」

祐太郎壓低聲音回話，接著想問「確定嗎？」，但把話吞了回去。既然圭司說沒有，就是沒有吧。那麼繼續待下去也沒用。

「撤退吧。我過去你那邊。」

祐太郎就要從長椅站起來。

『不，等一下。你繼續在那裡把風。』

「你要做什麼？」

『不愧是主任專用的電腦，從這裡可以連上院內所有的資料。我查一下有沒有留下什麼你妹妹臨床試驗的資料。臨床試驗是什麼時候進行的？』

「九年前。」

『知道正確日期嗎？』

「不知道。不過我妹的忌日是八月七日，臨床試驗是四個月前開始的。」

耳機裡沒有圭司的回話，而是傳來敲打鍵盤的聲音。祐太郎重新坐回長椅，一邊監看有沒有人靠近，一邊思考。

如果也不在這裡，另一台電腦到底在哪裡？比方說網咖。室田把程式灌進網咖的電腦之一，並掩飾成不會被發現。

想到這裡，祐太郎搖了搖頭。室田三年前因為資料外洩事件，遭到大學開除，他應該不熟悉資訊科技，不可能做得出那麼複雜的事。

掛在脖子上的證件掛繩很礙事，祐太郎將職員證取下來。他回想起去拿職員證時，與室田夫人的對話。

『您有沒有經驗過，原以為是最親密的人，卻突然變得好像陌生人？』

祐太郎想，室田和久死去後，也許如今再也沒有人知道另一台電腦的下落了。

和山下和巳見面後，祐太郎為了拿到職員證又回到室田和久家。他原本打算如果沒人在家就闖空門，但按下門鈴後，夫人出來應門了。祐太郎把假名片也遞給她。

「剛才我為了電腦的問題來過，呃，請問令郎在嗎？」

「他出門了，不過他跟我提過，說是外子鬧出紕漏來。請問又怎麼了嗎？」

室田夫人與其說是故作堅強，應該原本就是個剛強的婦人。她看過名片之後抬頭，以強烈的視線注視著祐太郎。那張臉雖然五官端整，卻總覺得缺乏感情，讓人聯想到半夜頭髮會自己變長的日本人偶。

「我好像忘了東西，不好意思，方便再進去看一下嗎？」

只要能在房間獨處一下子就行了。祐太郎這麼打算，事情卻沒那麼容易。

「那我去拿給您。請問您忘了什麼？」

夫人準備轉身，祐太郎叫住她：

「啊，不，那個……我忘記的是程式。」

祐太郎一邊思考藉口，一邊觀察夫人的臉色說。

「我好像把掃毒用的程式就這樣留在電腦裡面了。如果不刪除，電腦可能會無法正常使用。」

夫人看上去很困惑。看來她跟兒子一樣，對資訊科技完全不瞭解。

「可以讓我再看一下電腦嗎？只要五分鐘就可以搞定了。」

「這樣啊。」夫人點點頭，讓祐太郎進屋：「請進。」

祐太郎在夫人帶領下，再次踏進室田和久的書房。之前來的時候沒感覺，但這次強烈地感覺到室田和久的氣息，就彷彿他正從牆壁、天花板、地板目不轉睛地看著自己。

「電腦對吧。」

夫人喃喃，掃視地板。祐太郎離開後，一郎似乎又繼續整理。紙箱的數量和位置沒變，但已經蓋起來了，不知道裡面放了些什麼。

「啊，令郎收起來了呢。我想應該在其中一個箱子，可以請您找一下那邊嗎？」

祐太郎說，手伸向邊櫃附近的紙箱。

「電腦上面不能壓東西，所以如果打開箱子沒看到，應該就是在別的箱子。」

夫人蹲身查看腳邊的紙箱，祐太郎則打開手邊的紙箱。他一下就找到要找的職員證了。他拿起證件，迅速地揣進背後的襯衫底下，插進皮帶裡。

「沒有呢，是這個嗎？」

他喃喃，打開書桌下其他的紙箱。

「啊，找到了，在這裡。」

祐太郎拿起裡面的筆電向夫人出示，放到桌上，插上電源，坐到椅子上。開機之後，夫人立刻走到背後來。

「真的一下子就好了。」

祐太郎期待夫人會從背後離開，但夫人只是點點頭說「好」，站在他身後不動。螢幕上就和先前一樣，要求輸入密碼。幸好祐太郎還帶著公事包。他把裡面的隨身碟拿出來，插進電腦。回頭看看夫人，夫人詢問地看著他。

「這樣就行了嗎？」

「啊，是的。」祐太郎點點頭。「現在正在刪除不需要的程式。」

「真的嗎？」夫人說。「看起來完全沒在動。」

實際上什麼都沒做，因此畫面沒有變化，風扇也沒有加速，燈號也沒有閃爍。

「沒問題，現在正在刪除。」祐太郎笑咪咪地說，把椅子轉向夫人，轉移話題。

「對了，我姓真柴。」

「我知道，剛才看到名片了。」

「我聽令郎說，真柴這個姓氏，和室田理事長有點關係。」

夫人沒有回答，但臉頰看似微微僵住了。祐太郎又說：

「還說室田理事長一直在等真柴這個人的連絡。」

「這樣啊。」

夫人喃喃，眼神沒有感情，但極力抹去感情的強烈意志卻無從掩飾。祐太郎只是為了轉移她對電腦的注意力而提出這個話題，但如果發揮得當，似乎可以問出某些線索。祐太郎尋找入口，設法鑽進這道緊閉的門扉。

「夫人是不是知道什麼？」

「我什麼都沒有聽說。」

夫人轉開視線。顯然是謊言。

「這樣啊。」

祐太郎思考下一步攻勢。

室田夫妻把兒子當成半個小孩看待，兒子也清楚這一點。他們的關係比一般親子更扭曲，肯定也更疏遠。祐太郎這麼推測。

「令郎似乎對這件事耿耿於懷。他說因為也沒辦法再詢問過世的父親，所以拜託我清查這台電腦裡面的資料。」

「清查資料？那孩子這樣拜託？」

夫人驚訝地反問，但並未懷疑這件事本身。祐太郎見門開了一條縫，把手插進去扳開來。

「呃，他沒有告訴您嗎？對，他說希望可以找到跟那個真柴相關的資料。我答應他改天再來處理，但如果不妨，我現在就可以查查看。方便嗎？」

夫人的眼中閃過狼狽。

「不，今天……」

「一下子就可以了。真的只要一下子。這支隨身碟裡面也裝了必要的程式，我們像這樣說話的時候，就……」

祐太郎說著，轉動椅子，手就要伸向鍵盤，夫人尖叫：

「住手！」

祐太郎把椅子轉回來，仰望夫人。夫人一臉蒼白。

「啊，對不起。」祐太郎說。「看來還是改天比較好呢。」

夫人似乎想要開口，卻說不出話來。她嘴唇顫抖地沉默了。

「您怎麼了？呃，要不要先坐下來？」

祐太郎起身請夫人坐下。夫人被祐太郎扶住手臂機械性地行動，一屁股在椅子坐下。門已經全開了。接下來只要走進去就行了。祐太郎在夫人面前蹲跪下來，說：

「看來似乎不太方便呢。不過我已經答應令郎了，事到如今也不好拒絕。而且即使我拒絕了，令郎也會去找其他業者吧。如果您告訴我是怎麼回事，我可以想一下該怎麼處理，才能兩全其美。」

夫人就像發現汪洋中的浮木，抬起頭來。

「您可以怎麼處理……」

「令郎對電腦似乎不是很熟悉，如果有什麼不方便讓令郎知道的內容，我可以瞞著他動一些手腳，或是把資料刪除。」

夫人從祐太郎身上別開目光。視線游移了好半晌，最後停在自己交疊的手上。

「但如果不知道那是怎樣的資料，我也無從著手。」

圭司已經檢查過了，這台電腦沒什麼重要的東西。但是從夫人的反應來看，她應該知道什麼。

「您不希望令郎知道的，是和那個叫真柴的人有關的資料對嗎？那是怎樣的資料？」

祐太郎追問，夫人下定決心似地抬起頭來：

「我不知道。」

「不知道？」

「對。可是外子似乎害怕著那個真柴。如果有什麼關於那個人的資料，我不想看到，也不想讓我兒子看到。」

「這樣啊。」祐太郎點點頭。

「我很害怕。」夫人小聲低喃。

「您是怎麼知道真柴這個名字的？」

夫人的視線漫無目的地游移，又停到手上。

「我都會把廣告信丟掉。」

「什麼？」

「已經很久了，大概五年前的事了吧。某天傍晚，我就像平常一樣，也沒有拆封，隨手直接把信箱裡的一些廣告信丟進垃圾筒。外子見狀問我，我都是這樣處理郵件的嗎？我笑說廣告信要是每一封都拆開來看，沒完沒了，結果外子有些動怒地罵我，說我這樣太隨便，還說有些私信可能看上去像廣告信。我不明白他在說什麼，反問他是什麼意思，就是這時候，我第一次聽到真柴這個名字。」

「您先生怎麼說明這個人？」

「他沒說。」夫人搖搖頭。「他不肯說那是誰。」

「這有點不自然呢。」祐太郎說。「這種時候如果沒有得到解釋，不是會追問嗎？」

「我當然追問了。」

「那您先生——室田理事長怎麼回答？」

對祐太郎來說，這個問題至關重要。他不小心把緊繃的情緒放進去了。然而夫人似乎也沒有心思去注意到其中的不自然。夫人的視線再次飄移。徬徨了比剛才更久的視線，這回停留在祐太郎身上。但她說出口的卻是意外的問題：

「您結婚了嗎？」

「沒有。」祐太郎有些錯愕地回答。「我單身。」

「那，不管誰都好，父母、女友、好友都行，您有沒有經驗過，原以為是最親密的人，卻突然變得好像陌生人？」

祐太郎的腦中浮現放棄訴訟時的父母。想起後來再也沒有對話的時光。

夫人看著祐太郎的眼睛，點了點頭：

「對我來說，那一瞬間就是如此。與妳無關——被外子冷冷地這麼說時，我徹底醒悟了，醒悟到對他而言，我只是個陌生人。我們都結了婚，有了孩子，以夫妻的身分共同生活了比和父母在一起更長的時間，即使如此，我們仍是陌生人。」

夫人的視線再次回到自己的手上。

「從此以後，我們之間再也沒有提起真柴這個名字。」

那應該沒有她說的那麼容易。丈夫對自己有所隱瞞的強烈確信。帶著禁忌生活的五年光陰。真相沒有大白，就突然降臨的離別。

「您知道三年前的事件嗎？外子在醫大附屬醫院引發的資料外洩事件。」

「是的，令郎稍微提到一些。」

「調查小組查出元凶是外子的電腦。外子說他完全不知道是怎麼回事，然而他卻完全沒有辯解，甘於承受汙名。我問他為什麼，外子說這一定是天譴。外子沒有解釋這是什麼意思，但當時我想起了真柴這個名字，猜想一定跟這個人有關，這個名字裡面，隱藏著他必須受罰的罪行。」

夫人深深嘆息，像要遮住眼睛似地以手覆臉，喃喃說：

「我知道的，就是這些了。」

「這樣啊。」

祐太郎站了起來。即使室田和久飽受罪惡感折磨，他也實在不可能就此原諒他。至少在那裡自以為受了制裁。

祐太郎好想對感覺來自四面八方的室田和久的視線這樣反駁。眼前宛如被害人般低垂著頭的夫人，也只是更令他感到不耐。

但你們還是過得好好的吧？你們一家三口還是一起圍著餐桌，不時傳出歡笑吧？

他想要這樣質問。

「原本我預定改天連絡令郎，但我不會再連絡他了。夫人也請不要提起這件事。如果令郎的委託只是一時興起，應該很快就會忘記了。如果令郎又連絡我，我會再思考該怎麼做。」

祐太郎將隨身碟從筆電抽出來，收進公事包裡。

「那麼我告辭了。」

他無法克制聲音中的僵硬。夫人沒有起身送客。

『得到必要的資訊了。走吧。』

耳機裡傳來圭司的聲音，讓祐太郎抬起頭來。他迅速掃視周圍，沒有人影。

「我這就過去。」

他用手上的職員證打開職員室的門，圭司立刻出來了。

搭電梯下去一樓，前往夜間通行門。門口附近有櫃台，裝飾著小聖誕樹，有一名感覺很適合聖誕老人打扮的老警衛。若是有人進來，他可能會盤問身分，但對於準備離開的兩人沒有任何質疑。祐太郎和圭司同時向警衛頷首，警衛露出和善的笑，也向他們點點頭：「請多保重。」

坐上停車場的車，回到事務所所在的大樓。祐太郎把車開進停車場時，圭司叫他今天先回去。

「你呢？」

「我要整理一下找到的資料。而且也不知道室田的另一台電腦在哪裡，得想想下一步該怎麼走。」

「好。」

「拜。」圭司說，推動輪椅，祐太郎出聲：

「啊，圭。」

圭司把整個輪椅轉過來。

「謝謝你。」

圭司詫異地皺起眉頭。

「謝謝你幫我這麼多。」

圭司傻住似地正欲開口，最後還是把話吞了回去，輕笑了一下，轉回輪椅：

「別說傻話了。」

圭司背對著說，往大樓入口離去了。

祐太郎回到位於根津的家，小玉先生在玄關迎接他。抱起小玉先生進屋後，發現房間矮桌放了一個便當盒，附有遙那寫的便條。

『今天的是自己做的。如果不合胃口，就跟小玉先生的飯交換吧。』

「自己做的」幾個字拉出箭頭，寫著「not 100分」。祐太郎盤腿而坐，打開便當盒蓋，裡面有幾種蔬菜配菜和蒸飯。

「噢，好像很好吃。」

祐太郎捏起炒牛蒡放進嘴裡。

「噢，真好吃！」

祐太郎歡呼著，用力搓揉小玉先生的頭和背，小玉先生受不了地逃離他盤起的腿。祐太郎用冰箱裡的蕪菁和油豆腐做了味噌湯，將平常的貓食倒進小玉先生的碗裡。小玉先生瞥了自己的碗一眼，怨懟地望向祐太郎，目光定在矮桌上的便當上。

「有意見的話，你應該去跟只做了一個便當的遙那說。」祐太郎說。「只挑好說話的對象埋怨，不是男子漢的作為。」

祐太郎吃起便當，小玉先生也勉為其難地啃起貓食。這是個安靜的夜晚。他不想開電視，也不想聽廣播。

「小玉先生還記得鈴嗎？」

祐太郎吃著煮南瓜問。小玉先生的目光從碗移向祐太郎，抽動了幾下鬍鬚，馬上又卡哩卡哩地啃起貓食來。

「說的也是，小玉先生見到鈴的時候，還是隻小貓嘛。小玉先生居然幾乎不記得鈴，總覺得好奇妙呢。啊，還有，你居然還沒有見過圭也是。下次我還是好好把你介紹給圭吧。」

小玉先生看了祐太郎一眼，敷衍地左右甩動一下尾巴，又開始吃貓食。如果不能帶小玉先生去事務所，那就只能招待圭來這裡了。祐太郎想像那個畫面：圭司在玄關笨拙地說「嗨」，小玉先生彬彬有禮地「喵」一聲回禮。他忍不住笑了出來。圭司和小玉先生一定會一拍即合。

「嗯，我一定會介紹你們認識。」

隔天，祐太郎正要開門進事務所時，聽見裡面傳來圭司的聲音：

『什麼意思？』

聲音雖然壓抑，卻帶有強烈的情緒。沒聽到回應，圭司的聲音又繼續下去：

『我沒道理聽你訓話。只不過是教過我電腦技術，別以為就賣了多大的人情。』

依然沒聽見回話。祐太郎也聽出是在講電話了。圭司接下來的聲音滲透出強烈的憤怒：『還是你自以為摸透我了？既然如此，就衝著我一個人來啊！』

對方好像說了什麼。一段沉默。

『對，沒錯，你永遠是對的。』

圭司接下來的聲音變得無力：

『可是夏目，你不要再干涉我們了。』

掛電話的聲音。祐太郎猶豫該不該進去後決定折回走廊，在電梯前打發了一些時間。

夏目應該是之前在「dele.LIFE」工作的人吧。圭司說的「我們」，是指圭司和誰嗎？照一般來想，是圭司和舞吧。但圭司居然如此毫不掩飾情緒，實在罕見。夏目到底對他們做了什麼？

祐太郎尋思了一陣，踩著比平常更重的腳步聲往事務所走去。開門一看，圭司頂著一如往常的表情，坐在一如往常的位置上。

「早。」祐太郎說。

「是比平常早了點。」圭司哼了一聲。「但也沒早到哪裡去。」

圭司的態度完全無異於平常，幾乎讓人懷疑剛才聽見的都是幻覺。祐太郎稍微放下心來，走到辦公桌前。

「後來查到什麼了嗎？」

圭司的辦公桌上有大量列印出來的文件，許多地方都以小字寫下註解。

「嗯，以結論來說，你妹妹的臨床試驗資料沒有遭到竄改。」

「咦？」

就要伸手拿紙的祐太郎停下動作，望向圭司：

「意思是室田沒有做出違法情事？可是室田害怕我爸媽連絡他啊！」

祐太郎激動地說，圭司制止似地舉起手來：

「我依序說明。這是昨天取得的資料的一部分，臨床試驗的protocol。」

圭司將連上桌電的螢幕轉向祐太郎。

「protocol？」

「試驗計畫書。簡而言之，就是寫有臨床試驗實施方式的作業步驟。每個臨床試驗，都有一份試驗計畫書。這是上個月開始進行的新的降血壓藥的臨床試驗計畫書。」

螢幕上顯示的是ＰＤＦ檔，但祐太郎實在提不起勁去讀那些摻雜著英文的蠅頭小字文件。而且上面的頁數編號是八十一，連總共有幾頁都不知道。圭司似乎也不期待祐太郎全部讀過，他立刻就把螢幕轉回去，繼續說明：

「我也看了其他幾份最近相和醫大附屬醫院進行的臨床試驗計畫書。獲益良多呢。你對臨床試驗瞭解多少？」

「醫生會開給病患真的新藥或是對身體沒有影響的安慰劑，病患並不知道自己服用的是哪一種。然後醫院蒐集大量病患的資料，來確定新藥是不是真的有效果。不是這樣嗎？」

「雖然不算錯，但也不算正確。藥廠首先會確定研發出來的新藥安全無虞。經過動物實驗後，第一次用於人體時，一般都會選擇健康的成人。」

「健康的成人？啊，對了，有那種打工呢。」

所謂的「臨床試驗打工」，對沒有一技之長或人脈、只有健康可取的年輕人來說，是非常好賺的工作。祐太郎雖然沒有做過，但聽過不少別人的經驗之談。

「這是臨床試驗的第一階段。如果這階段安全性沒有問題，就進入第二階段。第二階段的對象是藥物欲治療的疾病病患。藥廠提出委託，由接受委託的醫療機關——也就是醫院來進行臨床試驗。一家醫院符合的病患人數不會太多，因此臨床試驗一般都有多家醫院參加。醫院向求診的病患徵求同意，參加臨床試驗，讓他們服用藥物，取得數據。這個時候，就像你剛才說的，多半都採取盲測方式。病患分為兩組，一組服用真正的新藥，好像就稱為『真藥』，另一組則服用不含藥效成分的藥物，也就是安慰劑。雖然也有服用不同分量的真藥的情況，但現在不考慮這些。」

「嗯。」

「病患的數據資料，由負責診療該病患的醫院、藥廠及居間的第三方機構共享。這第三方機構的任務，是為了確保臨床試驗公正地進行。因為有這個第三方機構，目前即使臨床試驗造成某些事故，也不可能隱瞞。」

「所以你才說鈴的資料沒有被竄改？」

「不，我剛才說的是目前的狀況。臨床試驗有這第三方機構參與，是三、四年前的事而已。你記得這起事件嗎？」

圭司翻找桌面，遞出一張紙。是報社線上版的報導列印。

「啊，嗯。」祐太郎接過那張紙點點頭。「我記得。」

距今約六年前，某家藥廠的員工參與了多家大學附屬醫院的臨床研究數據製作，以不正當的手法竄改數據，使自家公司的藥物顯得更有效，結果東窗事發。由於那是許多病患都在服用的藥物，因此引發社會廣泛的關注。因為是與藥物相關的醜聞，祐太郎記得當時他滿懷苦澀地看著這則新聞。

「由於這起事件，藥廠和醫院，尤其是和大學附屬醫院之間腐敗的關係廣為世人所知了。因此這起事件以後，進行了制度改革，全國各地的臨床試驗都開始有第三方機構介入了。」

「也就是說，在鈴參加臨床試驗的九年前，沒有這種第三方機構對吧？那不就可以竄改資料了嗎？」

「沒錯，是沒有第三方機構。」

圭司操作滑鼠，再次把螢幕轉向祐太郎。

「這是九年前的試驗計畫書。相和醫大附屬醫院的心血管內科在九年前的八月進行的臨床試驗，就只有這一項。這應該就是你妹妹參加的臨床試驗的計畫書。抗心律不整藥物，對嗎？」

螢幕上就和剛才一樣，滿滿的摻雜英文的蠅頭小字。但和剛才不同的是，祐太郎很熟悉上面的一些名詞。「QT間期」、「QRS波」，是那時候經常看到的專有名詞。

「她的病很容易引發心律不整。」祐太郎說。「是很棘手的病，隨時都有可能發生嚴重的心律不整，導致死亡。我妹一直活在這樣的恐懼當中。」

雖然有許多要注意的地方，但鈴可以過普通生活。然而心律不整無法預料何時會發作，這樣的不安讓一家人籠罩在暗影中。雖然不到下雨，卻也沒有放晴，這就是他們家的日常。對這樣的真柴家而言，能參加臨床試驗，形同第一次從雲間射入的陽光。

祐太郎閉上眼睛。總是浮現眼底的情景，已不再是鮮明的影像。

燦爛的陽光。夏季的庭園。水管噴灑出來的水。淡淡的彩虹。戴帽子的少女。回首輕柔地一笑。身後搖擺的向日葵。

吹動向日葵的風，「叮鈴」一聲吹響了屋簷下的風鈴。

輕柔地微笑的臉龐突然從視野中消失。風鈴聲在耳底迴響。附近的母親的尖叫聲。無法動彈的自己的身體。在視野邊緣搖晃的熱氣。

記憶中的夏季氣息讓祐太郎陡地深吸一口氣，睜開眼睛。圭司就像正默默等待他平復似地，繼續說下去：

「根據這份試驗計畫書，九年前的這場臨床試驗，沒有第三方機構介入。」

「那——」

聲音哽在喉嚨，祐太郎咳了一下，改口說：

「那表示他們有辦法竄改數據吧？」

「但事情沒這麼容易。只要是一定規模以上的醫院，一般來說，一名病患的數據都會有好幾個人看到。根據計畫書內容，相和醫大附屬醫院除了主持人室田以外，還有三名醫生參與這場臨床試驗。並有兩名在第一線支援臨床試驗的ＣＲＣ——這是類似護士的職員，也列名其上。要竄改數據並非不可能，但如果這麼做，一下子就會曝光了。」

「事實上，鈴的主治醫生就懷疑院方了。」

「我是說，如果真的有人竄改，應該會有更多人發現。室田做的，不是竄改你妹妹的資料，應該是其他的不法勾當。那名主治醫生察覺臨床試驗中有某些不法，卻不知道是什麼，所以才會建議家屬查明真相吧。」

「其他的不法勾當？」

「我不知道那是什麼，但可以猜出一二。為了讓新藥研發成為國家成長產業之一，必須讓審核手續簡便化，這也有助於消除drug lag——藥物上市延遲的問題。正當厚勞省主導大力推動的時候，發生了你妹妹的事故。這是新藥研發期間的醫療事故，而且死去的是才十幾歲的女孩。雖然沒有公開身分，但你妹妹的死成了不小的新聞。然而後來卻沒有演變成大騷動，就此落幕。為什麼？」

「因為……家屬放棄提告了。世人認為既然連家屬都接受她的死了，那也不是什麼值得吵鬧的事吧。是我們家人葬送了鈴。」

沉默引得祐太郎抬頭望去，和圭司四目相接了。圭司瞬間抹去臉上的痛惜，冷漠地喃喃說：

「你白痴嗎？我不是在問你那種感傷的情節。媒體和社會大眾之所以不關心了，是因為他們認為那不是事故。那個十幾歲的女孩，不是死於臨床試驗，而是偶然在臨床試驗的期間病死而已。他們就是因為這樣想，才停止了追究。那為什麼他們會這樣想？」

「因為醫院說明鈴服用的是安慰劑。」

「沒錯。如果病患服用的是安慰劑，他的死亡就不可能與臨床試驗藥物有關。大家都這麼想。不過，你妹妹服用的是安慰劑，這件事是誰說的？」

「誰說的？」

「就像你說的，在盲測當中，病患並不知道自己服用的是真藥還是安慰劑。不僅如此，為了徹底避免主觀影響效果，一般來說，甚至不會讓醫生和藥廠等所有參與臨床試驗的人員知道。」

「咦？不讓任何人知道？可是如果沒有人知道，那要怎麼知道結果？」

「所以藥廠會找和臨床試驗無關的業者居中協助。」

「業者？」

「醫院得到病患同意參加臨床試驗後，首先會為每個病患進行編號，這叫受試者識別號碼，然後把這些號碼告訴業者。藥廠會把外觀看不出是真藥還是安慰劑的藥拿給業者，由業者把這些藥加以編號。」

在業者底下，病患和藥物都成了失去一切特質的、單純的號碼。

「嗯。」祐太郎點點頭。

「接著業者用程式製作亂數分配表，根據這份分配表，決定要將幾號的藥物分配給幾號的受試者。醫院會依照業者的指定，把藥物開給受試者。」

「程式……」祐太郎說。

決定參加臨床試驗的妹妹分配到沒有任何意義的號碼，然後程式將真藥的號碼分配給這個號碼。一切都是由此開始。

「這樣啊，不是人為，而是程式決定的嗎？」

「這是當然的。在亂數方面，電腦遠比人類可靠太多了。因為人會有私心。」

「那如果程式把安慰劑的號碼分給鈴，鈴可能就不會死了對吧？也許她到現在都還活著。」

一想像起這樣的「現在」，祐太郎的胸口一陣苦悶。程式沒有任何私心，當然也沒有殺意。然而妹妹卻死了。

「不要怪罪無法制裁的事物。」

聽到圭司尖銳的語氣，祐太郎抬起頭來。

「若要說偶然，世上發生的一切幾乎都是偶然。說得極端一點，也可以全部怪罪給神明。但即使如此，還是有應該受到制裁的人。否則人的世界就運作不下去了。我們現在在討論的是這些人。」

「是啊。」祐太郎點點頭。「嗯，我知道。繼續吧。」

圭司盯著祐太郎，就像在確定他真的沒問題嗎？祐太郎再點了一下頭，圭司向他點點頭，繼續說下去：

「由程式製作的分配表，在臨床試驗完全結束前，絕對不會公開。不過有些情形，會在臨床試驗的途中必須知道分配的內容。為了預防這類緊急狀況，而有了緊急鑰匙這樣的東西。利用緊急鑰匙，可以知道每一名受試者的識別號碼被分到哪一種藥，有多少名受試者，就有多少個緊急鑰匙。如果受試者出現重大健康問題，醫院為了進行處置，必須知道受試者服用的是真藥還是安慰劑。但如果因此揭露整份分配表，就失去匿名性，無法繼續臨床試驗了。為了避免這種情形，而有了緊急鑰匙這種可以得知個別受試者分配藥物的東西。緊急鑰匙好像是一張紙，或者說標籤，有多少受試者就有多少張，裝在信封裡密封起來。它由分配的業者保管，只有遇上緊急狀況的時候，才會拆封必要的受試者的份。」

圭司看著祐太郎，像是在確定他是否理解了。祐太郎點點頭。

「你妹妹過世的時候，應該拆開了她的緊急鑰匙。然後醫院公布妳妹妹服用的是安慰劑。」

祐太郎漸漸理解圭司想說什麼了。

「如果鈴死後到拆封的這段期間，可以把鈴的緊急鑰匙掉包的話——是這個意思吧？」

「沒錯。」

「呃，可是等一下，室田不知道鈴服用的是不是真藥吧？那……」

那他根本沒有掉包的動機。祐太郎想要這樣說，被圭司搶先制止了：

「這一點我也想過了，但我發現一個有趣的部落格。那是一個醫生匿名開設的部落格，上面說即使是盲測，在臨床試驗的過程中，有時候還是看得出服用的是什麼。臨床試驗期間，醫生會為受試者驗血驗尿、做心電圖等等，蒐集必要的資料。臨床試驗使用的新藥效果愈好，服用的效果愈容易反映在數據上。」

若說理所當然，這也是理所當然。

「啊，確實如此。」

「有些臨床試驗為了避免這種情形，會禁止在試驗期間蒐集資料，但你妹妹的臨床試驗不是這樣。從試驗計畫書來看，每個月都會對受試者檢查一次。」

「啊！」祐太郎回想起來，驚叫一聲。「這麼說來，鈴的主治醫生也說過。他說從臨床試驗期間的數據來看，她服用的是新藥的可能性很高，原來是這個意思嗎？」

「室田應該也是這樣想吧。」

「所以才會把緊急鑰匙掉包。」

「沒錯。不管數據看起來如何疑似服用真藥，只要打開緊急鑰匙，發現分配到的是安慰劑，那些數據變化就不是藥物造成的了。或許會被解讀為就是安慰劑效果。接下來只需要在臨床試驗完全結束前，竄改分配表，最後將緊急鑰匙當中分配到真藥的其中一個掉包成安慰劑，讓真藥和安慰劑的數目相符合。」

「這樣就掉包完成了。」

「對，沒錯。」

「室田就是做了這些事吧？」

「我這麼認為。但有個問題。就算室田是計畫主持人，也無法拿到分配業者管理的緊急鑰匙。那是物理性的物品，被實際保管著，沒辦法像電腦資訊那樣從外部破解竄改。事實上，醫生甚至不知道緊急鑰匙被如何保管在什麼樣的地方吧。如果要掉包，無論如何都需要分配業者內部的人協助。」

「協助者嗎？這……」

要怎麼找到那個人？先詢問藥廠，找出負責那場臨床試驗的分配業者，接著再從那家業者的員工裡面查出進行違法情事的人。以步驟來說是這樣，但要查到那個人，應該不容易。祐太郎內心一陣暗澹。

「對。原本我也覺得頭大，不知道要從何下手，沒想到意外容易就發現了。」

「咦？什麼？找到了？」

「日下勳。」

「誰？」

「室田家的筆電。裡面雖然沒什麼特別的資料，但他偶爾會和一個高中同學電郵往返。對方用的是公司信箱，我從網域名稱調查，發現那是也承包分配業務的醫療服務公司。」

「發生死亡事故的臨床試驗中，負責想要掉包的資料的業者裡面，剛好有認識的人？」

「應該相反。因為剛好是可以上下其手的狀況，所以才決定放手一搏。雖然不知道是拿了室田的錢，還是有其他理由，但協助者八成就是這個日下部動。」

圭司又翻找桌面，遞出一張紙。是列印出來的電郵，寄件人是室田和久，收件人是日下部動。祐太郎讀了那封信。似乎是相隔半年的連絡，寫了簡單的近況：老花眼愈來愈嚴重、尼特族的兒子依然賴在家裡、妻子變得健忘。信件很短，由於幾乎毫無內容，因此要說奇怪，也令人覺得奇怪。時隔半年寫信，卻沒有特別的要事。即便是客套話，也沒有邀約最近碰個面等等。感覺也可以解讀為是在傳達「我還活著」的訊息。

祐太郎這樣說，圭司點點頭：

「我也這麼認為。然後我猜想，過去共同染指犯罪的共犯，如果一直隱瞞罪行活下來，是不是就會像這樣信件往返？」

圭司遞出別的紙。是日下部對室田的回信。一樣沒什麼特別的內容。簡單地敘述近況後，也沒有道別等等，信件就這樣結束。

「我回溯室田電腦裡的郵件程式保存的信件，發現兩人以半年到一年一次的頻率彼此連絡。你那封信是今年二月初寄的，之後沒有再連絡。日下部應該還不知道室田過世了。」

祐太郎知道圭司想說什麼。

「父親死後，從父親的電腦得知這名友人的兒子，前去通知父親的死訊。」

「就是這樣。」圭司讓開位置。「用室田的信箱吧。內容就交給你發揮。」

祐太郎移動到電腦前，開始寫下要求日下部動會面的信件。

「AMADA醫療服務」位於豐洲高樓大廈的十五樓。走出電梯後就是櫃台，坐著一個小姐。再過去的自動門旁，一名相貌凶悍的年輕警衛正目光炯炯地警戒著。祐太郎對櫃台小姐說自己是室田一郎，和日下部動有約，小姐指示電梯前的沙發說「請在那裡稍等」。祐太郎坐在那裡等日下部動。這段期間有幾名員工進出。要打開自動門，似乎需要用職員證刷旁邊的刷卡機。

忽然他感到窒息，伸手要鬆領帶，急忙按捺下來。來這裡之前，祐太郎先回家一趟，換了白襯衫和外套，甚至打了向圭司借來的領帶。

他忍耐著窒悶感，觀察社員進出的樣子，這時一名白髮矮個子的西裝男子走了出來。他環顧櫃台前方，目光立刻停留在祐太郎身上。祐太郎站起來，男子在原地招手。祐太郎拎著還沒有還給圭司的公事包，快步走近男子。

「日下部先生嗎？」

「對，你是室田的兒子？」

眼鏡底下的單眼皮眼睛打量地看著祐太郎。那雙眼睛看上去像是刻薄，也像是膽小。靠近一看，臉上有許多黑斑。

「我是一郎。生前家父承蒙您多方關照了。」

原本就小的眼睛瞇得更小了。雖說最近都沒有共通點了，但如果他們是高中同學，即使見過小時候的一郎也不奇怪。祐太郎原本擔心引起懷疑了，但結果只是多慮了。

「這樣啊，室田真的死了啊。」

日下部對著地板喃喃似地說，向櫃台走去。

「明明應該沒什麼不同……」

不知道是對話還是自言自語。祐太郎追上去，為了慎重起見，追問道：

「沒什麼不同？」

「我們已經超過六年沒見面了。」

祐太郎等待下文，但日下部不打算繼續說下去。已經超過六年沒見面了。既然如此，不管對方是生是死應該都沒什麼不同。一會兒後，祐太郎才想到他是這個意思。

日下部在櫃台辦了手續，領了訪客證，交給祐太郎，往自動門走去。他從西裝右口袋掏出職員證刷卡。祐太郎向旁邊的警衛笑了笑，把訪客證別在胸前，跟著日下部穿過自動門。

進去之後的寬闊空間以屏風區隔開來。祐太郎被領到其中一間。小桌子旁邊放了四把椅子。看來職員與訪客都在這裡會面。屏風另一側傳來交談聲。

祐太郎和日下部在桌子兩旁坐下來。

「室田怎麼過世的？」

「主動脈剝離。因為很突然，家母和我都非常難以接受。」

「這樣啊，是病死的啊。」

「咦？」

祐太郎反問，日下部說「沒事」，含糊其詞。

「啊，喝咖啡好嗎？」

「啊，請不用客氣。」

日下部才剛坐下去又站起來，卻停下動作看祐太郎。祐太郎不知道他是在意什麼，以眼神反問，日下部微微苦笑說：

「你比室田說的懂事多了。」

「啊，這樣嗎？」

日下部帶著那苦笑，微微搖頭：

「父母對孩子的批評不能當真呢。」

日下部說完，走向牆邊的自動販賣機。祐太郎看著他的背影，取出手機。

『刷職員證進公司。現在在會客區。沒有電腦。』

他只輸入這些傳送出去。圭司立刻回覆：

『進室內。需要職員證？』

圭司交給祐太郎一個以USB連接的小機器。他說只要把機器插進公司裡的電腦，一分鐘就可以製造後門。

「後門？」

「從內部打造的祕密出入口。只要知道後門在哪裡，不管正面玄關的安全措施有多嚴密，都可以如入無人之境。在系統內部的電腦製造後門，就可以輕易進入『AMADA醫療服務』的公司內部系統，應該也可以找到九年前的資料。」

「資料？你要找什麼樣的資料？」

「九年前，日下部掉包了緊急鑰匙，也就是物理性的資料。事到如今，已經沒辦法找到證據了，但他應該也竄改了另一份資料，也就是臨床試驗完全結束後公開的分配表。如果系統還保存著九年前的分配表，應該也留下了程式跑出來的原版的分配表被竄改的痕跡。而醫大附屬醫院的你妹妹的臨床試驗資料沒有更動，所以應該還留著你妹妹分配到的受試者識別號碼。只要對照這兩者，就可以證明你妹妹服用的是真藥了。」

祐太郎就是為了這個目的來到日下部的公司。圭司的訊息是在命令『設法侵入有電腦的房間』、提醒『入內可能需要職員證』。

「說的可真容易。」祐太郎小聲嘀咕。

不過來這裡之前，圭司也說「如果覺得困難，不要勉強」。

「那裡是處理數據資料的公司，破解可能需要時間，但也並非辦不到。」

圭司的口氣很含糊，聽不出到底是否期待成果，但聽到他這樣說，站在祐太郎的立場，他不擇手段也要做出成果來。

祐太郎收起手機。日下部很快就拿著兩個紙杯回來了。

「啊，謝謝。」

祐太郎接下杯子。日下部重新在對面坐下。職員證在西裝右前口袋。

「這麼說來，您穿西裝呢。」祐太郎決定從話家常下手。「我聽說是醫療相關公司，還以為會是穿白袍。」

「我們不是那類公司。雖然是醫療相關，但是和室田的工作類型完全不同。我們公司是負責協助統計和分析醫療數據。」

「日下部先生也是做這類工作嗎？」

「對。」

日下部摸索西裝內袋，取出名片。

『資訊系統三課　首席分析師　日下部勳』。

「首席分析師，好厲害。」

「一點都不。課內只有用屏風區隔開來的辦公桌而已。雖然有課長，但部門沒有上下或前輩後輩之分。偶爾在實務上會跟其他部門合作，但幾乎都不會跟同部門的人配合。我們部門只需要跟數據打交道就行了。」

醫療數據的統計和分析。這樣一家只有一個樓層的公司，卻管理著數量龐大的醫療數據吧。消逝的一個生命，在這些數據當中被視為什麼？

「這工作有趣嗎？」

祐太郎從名片抬起頭，忍不住這麼問。日下部訝異地回看祐太郎。

「你對這工作有興趣嗎？」

「啊，不是。」

祐太郎急忙思考合適的說詞。他隱藏不小心跑出來的「真柴祐太郎」，重新披上「室田一郎」的外皮。

「我不擅長跟人打交道，所以想說從事這類工作或許不錯。」

他在最後「啊哈哈」地笑，如此辯解，但日下部的表情僵硬起來：

「很抱歉，我沒辦法替你介紹。」

「呃，咦？」

「如果是以前就有辦法，但現在的我已經沒有以前的影響力了，抱歉。」日下部低頭說。「你說要來公司找我時，我就一直想要說，但又覺得你沒有開口，我卻搶先拒絕，實在很失禮，所以說不出口。不過……是啊，除此之外，也沒理由到公司來嘛。」

我只有這個時間有空，不好意思，那就去您的公司碰面吧——看來日下部把祐太郎如此強硬的要求，解釋為是要他幫忙介紹工作。祐太郎決定順水推舟，點了點頭：

「嗯，是啊……」

「沒必要硬逼你當醫生，讓你來我們這裡工作好了——以前我對室田這樣說時，雖然是半開玩笑，但即使他當真了也無所謂。那時候我就有辦法把你一個人拉進來，但後來狀況不同了。」

「喔，狀況不同了。」祐太郎點點頭後，覺得似乎應該要表現得還有留戀，問：

「是出了什麼事嗎？」

日下部有些欲言又止，但祐太郎等他回答，他便悄聲開口了：

「大概三年前，我幹了件蠢事。不，我並不是有意的，但似乎在車站讓附近的小姐覺得不舒服了。」

日下部垂下目光，模糊下文。祐太郎猜想應該是被誣指為色狼了。

「對方雖然沒有提告，但是被公司知道了。後來我在公司裡的處境就不是很好。這類處理資訊的公司，對這種事情很敏感。如果你是因為以前我對室田說過的話而特地來找我，真的很抱歉。」

日下部頭低得更深了。

「不，請別這樣……」

對方一口氣單方面地說完，讓祐太郎不知所措。這下就不好讓話題延續下去了。現在這種狀況，深深行禮的日下部抬頭後，自己就只能說「抱歉失禮了」，然後離開。

「請不要這樣，我實在當不起。」

既然如此，那也沒辦法。祐太郎作勢起身，著了慌似地伸出手，假裝不小心揮到，手背掃過桌上的咖啡杯。如同他瞄準的，杯中的咖啡潑向日下部的西裝左側。日下部立刻後退，但西裝已經沾上了一大塊咖啡漬。

「啊，對不起！」

祐太郎繞過桌子，來到日下部背後，掏出手帕，擦拭站起來的日下部的西裝左側。

「不，我沒事。」

祐太郎趁著日下部的注意力放在左側時，抽走右口袋裡的職員證，火速塞進自己的外套口袋。

「西裝髒掉了，請趕快脫下來吧。我拿去洗手間清理一下。」

「不用了、不用了。」

「咖啡立刻處理，就可以清掉的。請把外套給我吧。」

「真的沒關係，晚點我自己弄。」

「啊，那最好不要等，馬上清理。我就不繼續打擾了。」

「啊，這樣。」

祐太郎拿起桌上的杯子，催促日下部。就要離開屏風隔間時，日下部停下腳步：

「求職的事，我也會稍微問問看。我再寫信到室田的信箱。」

「謝謝。」祐太郎說，要日下部快走。「請快點清理吧。我把杯子丟掉就回去了。」

「喔，好。」

「謝謝您了。」

祐太郎行了個禮，走向垃圾桶。在垃圾桶前偷瞄了一下，日下部還在那裡看他。祐太郎倒掉喝剩的咖啡，用手勢表示：請自便吧。

日下部點點頭，微微揚手，總算背對祐太郎離開了。祐太郎等他的背影彎過轉角後，離開垃圾桶。之前經過進來的自動門時，他看到那裡有公司部門圖。他小跑步折回那裡，尋找「資訊系統三課」。就是日下部剛才走去的方向。

祐太郎急忙走到日下部轉彎的轉角探頭看。沒看到日下部。走廊過去右邊是廁所。繼續前進，經過「資訊系統一課」、「資訊系統二課」前，再轉個彎，看到「資訊系統三課」了。不出所料入口旁有刷卡機，他取出日下部的職員證刷卡開門。

就像日下部說的，裡面有許多小隔間的辦公桌。只聽到敲打鍵盤的聲響。座位是一邊各六人，共十二人面對面。門最前面的隔間有個年輕男子伸出頭看他。戴著耳機。他看到祐太郎，一臉狐疑，但祐太郎向他微微頷首，往前走去，男子也沒說什麼，繼續回去工作。祐太郎經過男子背後，前往前方的空位。他猜想這可能是日下部的辦公桌，但隔板牆上掛著西裝外套。經過之後繞過隔間盡頭，查看對面另一排。第一張桌子是空的，但上面的夫妻照不是日下部。再三張桌子之後的辦公桌也是空的。空位就只剩下這裡了。電腦沒有關機。祐太郎進入隔間，把圭司給他的機器插入USB插孔。螢幕彈出小視窗，出現文字。祐太郎掏出手機，啟動計時。圭司說只要一分鐘，但為了保險起見，他想插個三分鐘。

祐太郎坐到椅子上，回頭看唯一開放的背後。牆上有一道看似牢固的鐵門，門旁有台機器。不是刷卡機，似乎是指紋辨識裝置。上面用日文寫著「資料保管庫」，與室內的氛圍格格不入。物理性的資料應該就保管在裡面吧。如果外人想要闖進裡面，必須先設法破解刷卡機，打開這個房間的門，瞞過裡面的職員的耳目，再打開指紋辨識裝置的電子鎖。而數位資料則是由連圭司都認為破解「需要時間」的安全性守護著。

「呃，你是哪位？」

有人出聲。隔壁年約四十的女職員靠在椅背上，仰身看著祐太郎。那角度可以隔著祐太郎看到電腦螢幕。祐太郎急忙拉開椅子，離開隔間。

「哦，那個，日下部先生叫我在這裡等。」

「等？」

「呃，資料，我要跟他拿資料。」

「資料？咦？那日下部人呢？」

「啊，他去洗手間。好像很急。他幫我開門，叫我在他的座位等，自己衝去洗手間了。」

「啊，這樣。可是嗯？資料？你是哪裡的人？」

祐太郎的目光掃向手上的手機。插進去之後才過了四十秒。

「我是委託貴公司分析資料的公司人員。」

祐太郎指示別在胸前的訪客證。

「客戶怎麼會跑來這裡？咦？我們這邊的對口業務是誰？」

「啊，業務負責人的名字我有點想不起來了，這部分是其他部門的人負責的。」

「其他部門，這樣啊。不好意思，可以看一下名片嗎？」

「啊，名片，名片是嗎？呃，是，當然沒問題。」

祐太郎想了起來，從公事包掏出名片。

「『ＩＴ鉅力科技』。」

女職員似乎已經不想隱藏她的疑心了。她用自己的電腦搜尋公司名，但看到有模有樣的官網，似乎信服了。

「做網路的？」

「啊，是。」

「卻委託我們？」

「對。不過詳細的委託內容我不好透露。」

「這樣。」

她盯著祐太郎，用眼角餘光拿起桌上的電話，按了兩個鍵。

「啊，櫃台嗎？我是系統三課的宮下。辛苦了。我們這裡有個客人，想確認一下。」

祐太郎瞄了一下手機，兩分鐘過去了。他瞥了一下螢幕，視窗已經消失了。拔掉機器衝出去，應該可以離開辦公室。但現在對方打內線給櫃台了，即使出了辦公室，也會在門口被警衛逮住。就算閃過警衛，電梯也不一定停在十五樓。很有可能正呆呆地等電梯時，其他警衛趕過來，也可能被男員工團團包圍。

「啊，不，也不是那樣……對，訪客……對，啊，是我們這裡的日下部。」

看來只能賭電梯停在十五樓一把了。祐太郎趁著女職員轉開視線的瞬間，伸手拔掉機器，滑入口袋，拎起公事包，準備離去，手腕卻被一把揪住了。

「我正在確認，」

女職員伸出左手，以意想不到的蠻力抓住祐太郎的手腕。

「可以請你等一下嗎？」

嘴上說得禮貌，語氣卻是不容分說。女職員似乎不打算放手。甩開她的手，從坐著的她背後抓住她的衣領，用拇指根用力按住她的頸動脈，這樣可以讓她來不及出聲就昏過去嗎？

應該可以。倒不如說，只能這麼做了。

就在祐太郎下定決心時，聲音傳來：

「啊，宮下，怎麼了？」

是日下部。手裡拿著西裝。和日下部一起過來的男子只是瞥了祐太郎一眼就經過，進入同一排另一個空的隔間。

「怎麼了嗎？」

這次他問祐太郎，訝異地看向揪住祐太郎手腕的女職員。

「啊，趕上了嗎？」祐太郎說。

「啊，嗯，幸好洗掉了。」

女職員放開祐太郎的手。電話另一頭似乎說了什麼，她轉回去應話。

「啊，以訪客身分，是，這樣啊。」

她望向手上的名片，似乎猶豫是不是也要確定一下姓名和公司名，但似乎又轉念認為不必。

「好的，不好意思，我這邊也確認了。打擾了。」

女職員掛了電話，冷冷地對日下部說：

「不應該讓外人進來的。如果要見訪客，就去會議室或會客室。」

日下部想要反駁，祐太郎搶先行禮道歉：

「真的對不起，我不會再這樣了。」

祐太郎哈腰低頭，女職員儘管一臉不滿，但還是回去做自己的工作了。

「不好意思。」

祐太郎不讓日下部有機會開口，推著他的背，要他往外走。然後趁日下部別開視線的瞬間，手伸向旁邊的女職員辦公桌，一把抄走自己的名片。

「我名片快用完了。」

祐太郎微笑說，把名片收進口袋。女職員一臉厭惡，但沒說什麼。日下部就要回頭，祐太郎再次催他，把他帶出辦公室外。

「你怎麼會在這裡？」

「呃，這個，剛才掉下來了。掉在剛才的桌子底下。」

祐太郎遞出職員證。

「我想要還給您，所以拿來名片上的部門等，但仔細想想，這樣掉了證件的日下部先生會進不來呢。真對不起，我應該在外面等的。」

「啊，這樣啊，嗯，謝謝。」

日下部收下職員證，壓低聲音說：

「隔壁那個女的，個性本來就很嚴厲，跟我特別合不來。如果她做了什麼讓你不舒服的事，我代為道歉。」

「啊，不會，沒事的，我很好。」祐太郎笑咪咪地說。

如果日下部回去以後和她交談，應該會出現許多疑點。感覺交談的可能性不大，但難保完全沒有。必須搶在那之前離開才行。

「那，我先告辭了。」

「嗯。」

日下部點點頭。祐太郎背對日下部，留心盡量不顯得腳步匆促，往門口走去。

3

祐太郎一回到事務所，一顆籃球便迎面飛了過來。他拍了兩下之後，投給圭司。

「怎麼樣？找到『ＡＭＡＤＡ醫療服務』的資料了嗎？」

「進去系統了。但九年前的分配表資料被刪除了。更早以前的都還留著，所以是有人把九年前的那份資料刪掉了。」

圭司把球放到膝上，猛地將輪椅向前推。迅速逼進的圭司突然從眼前消失，祐太郎忍不住往後踉蹌，圭司不理會，銳利地一個迴轉，投球出去。籃球畫出拋物線，擊中畫在門上的圓框，掉落下來。祐太郎接住球，又投向圭司。

「那資料沒辦法復原嗎？」

「以人類目前的科技來看，幾乎不可能。」

圭司在輪椅旁運著球說。祐太郎一陣脫力，癱倒似地跌坐在沙發上。

「那不就沒有證據了？」

「也不盡然。事件當時的郵件還留著。」

祐太郎抬起頭來：

「郵件？」

圭司將籃球投向祐太郎，抓住輪圈，推動輪椅。

「日下部都會用公司信箱連絡私事，就像與室田聯絡時一樣。」

圭司回到他的老位置。祐太郎也把球丟開，走到辦公桌前。

「可是，都過了九年了耶？」

「『AMADA醫療服務』的郵件伺服器無期限地保管著郵件。這在這類企業並不稀奇。」

「這樣嗎？」

祐太郎一直有種成見，認為數位資料輕易就會被刪除。

「上面有他跟室田的信件往來嗎？是拜託他掉包緊急鑰匙的內容嗎？」

「他們兩個還沒神經大條到會拿公司信箱討論非法勾當。倒不如說，那段時期，日下部和室田完全沒有半封信件往來。相反地，有他跟一個叫富樫的人的通信。」

「富樫？誰？」

「日下部的姊夫。」

「跟姊夫通信有什麼好奇怪的？」

「之前兩人幾乎沒有任何信件往來，卻在你妹妹過世的三個月後，九年前的十一月開始，忽然開始連絡。」

「不會只是碰巧嗎？」

圭司遞出幾張列印出來的內容，就像叫他直接用看的比較快。內容似乎是依時序整理的兩人信件。第一封信是「富樫達彥」寄給日下部動的。

『你在電話中提到的事，我這裡無法提供協助。雖然可以介紹PMDA的人給你，但應該無濟於事。我正在找認識的朋友（註2）討論，請再等一下。』

富樫的信寄出後二十分鐘，日下部回信了：

『我無意給姊夫添麻煩。我真不該這麼做的。請當成沒有這件事吧。』

接著就像要扯開話題似地，日下部聊到最近愉快的事，問候富樫的妻子「彩」，也就是自己的姊姊的近況。「彩」似乎身體不好，他寫了類似慰問的話。這封信祐太郎讀了兩次。字裡行間明確地透露出日下部想要讓姊夫遠離「這件事」的焦急。都已經是九年前的感情了，卻竟如此鮮豔地刻印在數位資料上，這忽然讓祐太郎感覺奇妙。

「為什麼你覺得這封信和鈴的臨床試驗有關？」

「『PMDA』。」圭司說。「上面不是提到嗎？」

「啊，有。『PMDA』是什麼？」

「醫藥品醫療機器綜合機構。厚勞省轄下的獨立行政法人機關。厚勞省裡並沒有直接監督臨床試驗的部門，國家實質上是透過這個『PMDA』在管理臨床試驗的。這裡

註2：此處原文中使用「先生」一詞，日文中「先生」為對教師、醫師、律師、議員等職業人士的敬稱，因故事需要，此處譯為「朋友」。

的高層大部分都是厚勞省派過去的，也負責臨床試驗的相關諮詢業務。從時期上來看，『這件事』很有可能就是指你妹妹的事。」

『上頭真可怕。』

祐太郎想起父親的喃喃聲。

「厚勞省。富樫這個人跟厚勞省有關嗎？」

「嗯，我查了一下，立刻就查到了。」

圭司遞出別的紙。祐太郎接過來瀏覽。上面是九年前的厚勞省幹部一覽表，有「富樫達彥」這個名字，頭銜是厚生勞動審議官。

「審議官很厲害嗎？」

「只比事務次官小，是厚勞省的第二把交椅。」

「大到不行呢。」

「當時在厚勞省主導新藥研發成長計畫的，似乎就是富樫。」

妹妹在八月過世。茫然若失的家人好不容易接受妹妹的死亡這個事實，妹妹的主治醫生卻登門拜訪，告知她的死亡有可疑之處。父母雇了律師，要求醫院公開資料。這是十月的事。

「日下部因為我爸媽開始追究，慌了起來，找厚勞省高官的富樫求救。」

「沒錯，應該就是這樣。而富樫也沒辦法置之不理。這是臨床試驗中的事故，而且是國中女生的死亡事故，會引來社會大眾的關注，有可能造成他主導的新藥研發成長計畫的阻礙。」

「兩人利害一致，所以聯手？」

「不。」

圭司示意，祐太郎翻開另一張紙。是富樫寫給日下部的信。富樫開頭先是抱怨年底的忙亂，在最後若無其事地提到「那件事」。

『那件事我問過認識的朋友了。事情發展似乎不太理想。目前我正在設法。』

收到這封信一個小時後，日下部以強硬的語氣想要阻止富樫：

『請不要把這件事外傳。真的，請姊夫忘了這件事吧。』

雖然找對方商量，但並不打算依靠對方嗎？日下部這時又提到富樫的妻子「彩」。

『如果給姊夫添麻煩，對彩就太過意不去了。也為了彩，請姊夫忘了這件事吧。』

語氣近乎懇求。

後來富樫沒有再寫信來，日下部連續寫了三封信，確定富樫對「那件事」沒有多加干涉。

再繼續翻頁，富樫總算回信給日下部了：

『你才應該忘掉這件事。往後不管發生任何事，都與你無關。』

「此後兩人再也沒有信件連絡。」

如果收到這種信，一定會驚訝地打電話吧。否則就是直接去找對方嗎？

祐太郎這麼說，圭司也點點頭：

「我想他應該這麼做了。然後兩人確定並同意了某些事。」

富樫最後一封信，是在八年前的二月寄出的。祐太郎回想起當時。

對於父母的要求，醫院提供的內容與公開宣布的內容並沒有什麼不同，實在令人無法接受。父母和律師擬定方針，準備將之視為醫療過失，打官司要求賠償，藉此釐清臨床試驗中究竟發生了什麼事。

「我爸媽是在過年後的大概這個時期，正式開始準備提告的。緊接著我們家就遭到各種騷擾。」

「逼家屬放棄提告——兩人應該討論了這樣的事。不，從郵件來看，應該是富樫主導，日下部默認。」

「應該就是這樣。」祐太郎點點頭。

從與妻子的對話想像出來的室田和久的形象，還有親眼見到的日下部勳這個人的形象。儘管知道他們就是想要把妹妹的死當成病死，穩妥地埋葬掉的人，但祐太郎實在無法認為他們是徹頭徹尾的惡人。回想起當時他們一家人所遭遇到的醜陋惡意，稍微窺知的他們的面貌，實在是太過平庸了。

「就是這傢伙。」

祐太郎目不轉睛地注視著紙上的「富樫達彥」四個字。

「那個時候千方百計打壓我們一家人的，就是這傢伙。」

祐太郎忽然想起一件事，翻回第一頁。

『我問過認識的朋友了。』

這句話令他介意。

「這裡的朋友指的是誰？是指相和醫大附屬醫院的誰嗎？不，應該是更有來頭的，是醫師會的幹部嗎？還是和藥廠有關的醫生？」

「不知道，這部分還不清楚。」

「要怎麼樣才能見到這個富樫達彥？」

「他的住址在橫濱。」

「橫濱？」

圭司操作桌電的滑鼠，把一個螢幕轉向祐太郎。上面開著郵件軟體，顯示從一家叫「LIST & BAND」的公司寄來的信。似乎是制式信件。

『您查詢的對象住址：』

旁邊寫著橫濱市中區的住址。

「這是什麼？」

「只在網路上開業，販賣各種名單的業者。我向他們查詢了富樫達彥的住址。其他也在網路上大概查了一下資訊，不愧是做到厚勞省二把手的人物，有不少個人資訊。富樫現年六十五歲，五十八歲從厚勞省退休後，就空降到大藥廠成立的智庫擔任所長。但四年前從那裡離職，這三年似乎沒有什麼公開活動。」

「他現在在家，在這個住址嗎？」

「不清楚。我用日下部的名字和信箱，寄出附有病毒的郵件。如果順利，就能劫持富樫的電腦。我會從那裡查出富樫的情報。」

祐太郎打算等待結果，準備出門買晚飯，惹來圭司失笑：

「富樫不知道什麼時候才會收信。我瞭解你的心情，不過今天先回去吧。一有動靜，我會立刻連絡你。」

祐太郎回到位於根津的家，發現玄關門沒鎖。他以為遙那來了，但脫鞋處擺的是一雙陌生的男鞋。

「爸？」

祐太郎邊脫鞋邊朝屋內問。雖然他不曾問過父親是否還有這裡的鑰匙，但這裡以前是父親的家，即使他有鑰匙也不奇怪。但屋內沒有回應。

「嗄？」

祐太郎詫異地打開紙門，發現一名陌生男子坐在矮桌前。

「咦？你誰啊？」

祐太郎忍不住嚇得驚叫。

那是個面龐像月球表面的矮小男子，應該五十來歲。

「你回來了。」

滿不在乎地回答的男子懷裡抱著小玉先生。小玉先生看到祐太郎，想要離開，男子卻不放牠走。他用左臂緊箍著小玉先生，右手撫摸動彈不得的牠的喉嚨。

坐下——男子以眼神命令。面帶笑容，眼底卻有著冰冷的意志。

祐太郎反瞪男子。

撫摸著小玉先生喉嚨的手，以掐住喉嚨的形狀停住了。小玉先生被迫抬起下巴，不滿地看看男子，接著扭頭看祐太郎。

祐太郎當場盤腿坐下。

男子又開始摸小玉先生的喉嚨。

半晌之間，雙方都沒有開口。

男子哄貓似地舌頭咂咂作響，撫摸小玉先生的喉嚨。祐太郎緊盯著男子，觀察家中的氣息。沒有其他人的樣子。

「真柴祐太郎。」男子終於開口。「聽說是為了賺零花，什麼事都做的便利屋？」

「我現在不做那類工作了。」

「那你現在在做些什麼？」

「跟你無關吧？」

「發生在身邊的事，其實很少與自己無關。如果覺得無關，那是因為視野太狹隘。你應該要這樣想。」

「我要煮晚飯了。放開小玉先生，報上名字，說出來意。照這個順序，快點把事情解決吧。」

男子沒有放開小玉先生。

「像以前，貓都是養在外頭的。現代的貓卻被關在家裡，喏，你不無聊嗎？」

男子輕拍小玉先生的頭。

「而且家裡不一定就比屋外安全啊。」

男子不停地拍著小玉先生的頭。小玉先生縮著脖子，任憑男子擺布。

「比方說，如果屋子失火了怎麼辦？這房子這麼舊了，感覺會燒得很旺。這陣子又天乾物燥嘛。如果在屋簷下潑點煤油再點火，一眨眼就會整個燒起來吧。那樣一來，你就變成烤貓咪囉，對吧？」

男子的手繼續拍著小玉先生的頭。

「你要做什麼？」

「不是應該先放開貓，報上名字嗎？」

小玉先生終於閃開單調地不停拍頭的手。牠脖子一縮，咬住落向前方的手掌。活該！祐太郎差點笑出來。然而男子一聲不吭，只是蹙起眉頭，默默地俯視咬住手的小玉先生。小玉先生狠瞪回去。雙方默默地互瞪片刻，結果是小玉先生認輸了。牠一臉尷尬地鬆口。手滲出了一點血。男子舔了下傷口，若無其事地繼續拍打小玉先生的頭。

「也沒什麼事，只是想拜託一下。」

男子說完後，歪了一下頭說「啊，不對」。

「應該說是建議呢。是啊，為了讓每個人都幸福的建議。」

「建議？」

「真柴祐太郎，停止你正在做的每一件事。」

「什麼？」

「即使繼續下去，也不會有人幸福。別說幸福了，應該會害所有的人不幸。」

「所有的人？」祐太郎說。「室田、日下部……啊，富樫是嗎？是富樫達彥派你過來的嗎？」

祐太郎去日下部的公司找他時，把印有「真柴」的名片交給了日下部的同事。他期待女同事不會告訴日下部，但還是被日下部知道了吧。日下部又告訴富樫，富樫派人行動了。

「是誰派我來的不重要。你正在做的事，會讓所有的人不幸。這才是重點。」

「你說的所有的人，是指日下部和富樫嗎？」

「你真是視野狹隘呢，真柴祐太郎。自由跑腿人——聽說以前人家都這麼叫你？難怪。」

「不是人家這麼叫，是我自稱。」

「哈！」男子笑了。「自作賤，那真是不可活了。真卑微。」

「被這卑微的傢伙時隔九年的行動嚇得皮皮剉的又是誰？」

「沒有人怕你。」

「放掉小玉先生，滾出我家。」

話聲剛落，男子的手便掐住了小玉先生的喉嚨。跟剛才不一樣，手勁極強。小玉先生雙眼暴睜，在男子手中掙扎起來。祐太郎就要起身撲向男子，但男子更快起身，拉開了距離。

「坐下！」

男子伸長掐住小玉先生脖子的手，舉在一旁。小玉先生發出慘叫，四肢拚命划動。

「坐下，思考，扳指頭計算。照這個順序，趕快把事情解決掉。你爸跟新老婆之間生了兩個孩子，現在六歲和三歲。你媽再婚對象的繼子，最近好像終於願意叫她媽了。聽說你妹妹的好朋友現在也偶爾會來這裡不是嗎？好了，指頭扳到第幾根了？除了這隻貓，你還有多少弱點？」

祐太郎狠命咬緊牙關。小玉先生瞪大雙眼，瘋狂地在半空中扒抓著。祐太郎再也無法忍受，往前撲去的瞬間，男子放手了。小玉先生側向摔落在榻榻米上，吐咳了一聲。祐太郎衝過去，牠痛苦地哼聲，搖搖晃晃地想要站起來。祐太郎把牠擁入懷中。

「就是你嗎？」

祐太郎抱著痛苦喘嗚的小玉先生，瞪著男子。

「九年前，騷擾我們家的也是你吧？」

男子獰笑，代替回答。

「是富樫命令的嗎？」

「又回到這個問題？開口之前可以動點腦嗎？真柴祐太郎。這個問題並不正確。」

「不正確？到底要問什麼……」

男子打斷祐太郎發問似地搖頭說：

「就此罷手。這是最好的做法。不是對任何人，而是對你最好。」

男子轉身背對祐太郎，打開紙門。

「啊、等一下，站住！」

祐太郎小心翼翼地把還在嗆咳的小玉先生放到榻榻米上，追趕上去。

祐太郎跑出走廊時，男子已經關上玄關門了。

「等一下！」

他趿上運動鞋打開玄關門，瞬間聞到一股焦臭味。循著味道望去，窗外的外廊底下正冒出煙來。

「搞什麼鬼！」

男子走出大門了。祐太郎想追，卻無暇分身。他趴到地上探頭看外廊底下，有東西在燃燒。

「啊，真是的！」

他抓起靠放在屋牆上的掃帚倒過來，扒出外廊下的火焰。好像是把浸了煤油的舊布捲成一團後點火。他用力踩踏滅了火，再跑到屋前道路掃視，但男子已不見蹤影了。

回屋內一看，小玉先生正趴在祐太郎把牠放下來的位置上。本以為牠是在屈辱地生悶氣，但並不是，牠的喉嚨傳出陣陣喘鳴聲。

「你還好嗎？」

祐太郎在旁邊坐下，看小玉先生的臉。小玉先生站起來，前腳搭在祐太郎膝上。

「啊，要上來嗎？」

祐太郎把牠抱到膝上，小玉先生安心地蜷成了一團。喉嚨深處的喘鳴聲持續不斷，不時摻雜著難受的咳嗽聲。祐太郎輕輕地撫摸牠的背。

一段時間過去，喘鳴聲漸漸平息了。祐太郎鬆了一口氣，同時一股強烈的憤怒油然而生。

剛才那名男子，肯定是聽命於富樫。

「黑道？」

祐太郎喃喃自語著，又搖了搖頭。他以前也和幾個黑幫成員打過交道，但剛才的男子氣質不對。這年頭的黑道不會大剌剌地做出恐嚇行為，而且事情發生在九年前，如果是組織，頭頭早就換人了。那名男子不是隸屬於組織，而是聽命於個人。是富樫底下專門處理骯髒事的祕書之類的嗎？

不久後，小玉先生發出睡著的呼吸聲。祐太郎左手繼續撫摸著小玉先生的背，右手掏出手機，傳訊息給遙那：

『我要離家一陣子，可以拜託妳照顧小玉先生嗎？』

現在是晚上八點多。遙那可能還在上班。他這麼想，但立刻收到回覆了：

『ＯＫ。我不知道你要去哪，不過等你的伴手禮喔。』

「燒賣之類的嗎？（註３）」祐太郎苦笑。他小心不吵醒小玉先生，輕輕地把牠從膝上挪到榻榻米上。

走上二樓，收拾行裝。他猶豫該不該連絡圭司，但決定不連絡。他接下來要做的事，或許不只是平常那種觸犯侵入民宅罪的行為而已。會是暴行罪還是傷害罪？他不準備犯下殺人罪，但連自己都無法斷言。他完全無法預測看到對方後，自己會湧出什麼樣的衝動。他不想把圭司捲入犯罪。

轉乘地下鐵和私鐵，往橫濱方向移動，再從下車的車站走上長長的坡道。途中許多人家裝飾著奢華的聖誕燈飾。

富樫家位在俯瞰港口的高台上。這幢白色的箱型建築物在落成當初或許散發出時尚的風格，但屋子老舊後，過於簡單的造型適得其反，看上去平板無趣。如果再大一點，或許看起來會像是某種研究所。祐太郎隔著圍欄看庭院，發現草皮和樹木都許久未整理了。前面的鄰居是和風住宅，後方的鄰居則是老大廈公寓。

祐太郎戴上飛行外套底下的連帽衣帽子，進入公寓入口。經過電梯前，前往樓梯間，打開樓梯間的窗戶出去外面。圍欄另一頭的富樫家一片寂靜。二樓窗戶有燈光，但一樓窗戶一片漆黑。沒有人聲或水聲。祐太郎左右查看後，翻越圍欄。下方鋪著防盜用的小石礫，一踩就會發出聲響。他抓著欄杆，踩著基台的混凝土，繞到屋後。

許多人家即使玄關裝了防盜效果極佳的高級門鎖，對後門也疏於防護。但富樫家用的果然不是什麼便宜的盤簧鎖或銷簧鎖，感覺難以用工具撬開，不過門與門框之間有縫隙。祐太郎從背上的背包取出鐵絲，探勘門內，很快就探到門把上的轉鎖，打開了後門，收起鐵絲。從掏出鐵絲到收起來，花不到兩分鐘。

把門打開一條縫。感覺屋內無人察覺，也沒有燈光。祐太郎再把門開大一點，將身體滑入縫內。四下一片漆黑。他脫下帽子，從背包取出筆型手電筒，查看四周。進入的空間是廚房。流理台和瓦斯爐就在附近，吧台另一頭是餐桌。沒看到人。祐太郎穿著運

註3：燒賣是橫濱名產之一。

動鞋進入屋內。

餐廳有兩道門。一道通往寬闊的客廳，祐太郎打開另一道門，經過走廊。來到玄關了。他貼在玄關旁的樓梯底下，側耳聆聽。有弦樂器的聲音。好像有人在樓上聽ＣＤ。

祐太郎躡手躡腳地走上樓梯。

二樓有四道門。其中一道門縫透出光線，並傳出細微的說話聲。祐太郎關掉筆型手電筒靠近門邊，把耳朵貼上去。抒情徐緩的弦樂器旋律中摻雜著男聲：

『對，沒錯，這是第二樂章。光是第一樂章就夠了？是啊。』

男子輕笑。

『很長，就像交響曲呢。不過這個第二樂章，很多人說這首曲子的精華就在這裡。別說了，好好欣賞吧。』

男子就此沉默。徐緩的旋律持續著。聽在祐太郎耳中，那旋律儘管徐緩，卻總帶有一絲緊張。

『對，從這裡開始。』

男子剛說完，旋律所打造的平靜世界瞬間崩塌了。旋律化成了強烈的感情漩渦襲向祐太郎的耳朵。曲調激烈哀痛，令人忍不住想要摀住耳朵。

瞬間撼動祐太郎心胸的旋律很快地又恍若無事地恢復成原本徐緩的調子。

『怎麼樣？』

男子的聲音問著。不等對方回話，聲音繼續說道：

『我覺得剛才的那一段就是死亡。是兩個月後將要死去的作曲家以生命做為代價，才能將死亡變換成音樂。我這麼解釋。』

是這樣嗎？那就可以理解為何能有剛才那段魔術般的旋律了。

祐太郎心想，覺得這麼想的自己很可笑。

也許是因此而放鬆了緊張，他倚靠的牆壁發出了「嘰」的一聲。祐太郎倒抽了一口氣。他知道門內的男子也屏息了。

『有人嗎？』

聲音還沒有靠近門旁。現在立刻離開門前躲起來——他應該這麼做，身體卻未如此行動。

他聽見男子往門口走近了。門很快就會打開，男子將看到自己。儘管這麼想，祐太郎卻無法移動。理由太簡單了。男子就是富樫達彥，而他再也不想逃離富樫了。他不想做那種偷偷摸摸躲藏的行徑。

簡直就像傻子。

連自己都這麼覺得。如果富樫發現他，一定會報警。自己溜進他家，卻一無所獲，就這樣被交給警察。

眼前的門打開了。或許是半信半疑，富樫發現站在門外的祐太郎，嚇了一跳似地身體後仰。

以年齡而言個子算高。肩膀很寬，體格魁梧，也許年輕時從事過運動。頭部只有周圍留下一些白髮，頭頂全禿了。生活可能很節制，臉型和體型都很精實。

富樫搖搖晃晃地後退，但很快便重新站定。他擋住門口似地看祐太郎。

「宵小嗎？」

富樫發現對方不懂，改口問：

「小偷嗎？我把錢全部給你，當然會等你離開後再報警。」

「錢……」

祐太郎就要行動，富樫立刻張開手掌作勢要擋。

「不要碰我。如果你對我施加任何暴力，就會變成強盜罪。錢給你，你拿了錢就走，可以吧？」

語氣不容分說，但並不高壓，也不強加於人。以前的厚勞省第二把交椅。立於人上者都是這樣的嗎？祐太郎不合時宜地佩服起來。

「我去拿錢。我可以動吧？」

「我不要錢。」

富樫瞇起眼睛：

「那就麻煩了。我只能給你錢。」

「如果我說我是來殺你的呢？」

「是嗎？」

「我也可以殺了你。」

富樫謹慎地觀察著祐太郎的表情，露出沉穩的笑：

「因為你可以殺我就被殺，我會死不瞑目的，你也沒有任何好處吧？讓我去拿錢吧。為了預備急用，樓下的櫃子裡有五十萬。」

富樫指著祐太郎旁邊，像是在徵求許可走過去。

「我不要錢。你進去房間。」

房間裡還有別人。距離這麼近，那個人不可能沒注意到異狀，然而卻從剛才就一聲不響。

「不要進來。我們去別的地方說。」

「什麼？」

富樫伸手像要推祐太郎的胸，祐太郎揪住他的手腕，以對方的手肘為支點扭轉。富樫支撐不住跪倒在地，祐太郎丟下他走進房間。

約五坪大的房間裡擺了一張大床。是護理床。床背升起。床鋪左右有一些像醫療儀器的東西，卻沒有連上任何病人。床是空的。機器沒有插電，燈號全是熄的。彷彿時間停止的這幕景象中，只有弦樂器的聲音流瀉著。

「你想做什麼？」

富樫起身走近，抓住祐太郎的肩膀。

「不是來偷東西的話，你到底是來做什麼的？」

這個問題，祐太郎從剛才也一直在想。自己到底是來做什麼的？自己期待著什麼？

祐太郎與富樫的視線纏繞在一起。

他大概是希望富樫恬不知恥地活著。

祐太郎這麼發現。

他希望這傢伙恬不知恥地活著。只要能確定這一點，任何事情他都幹得出來。他可以唾罵他、痛毆他，甚至殺了他。

「真柴。你記得這個名字嗎？」

祐太郎說，富樫瞪大了眼睛。

「真柴……那，你是那女孩的……」

祐太郎甩開富樫的手。

「我是她哥。真柴祐太郎。」

「這樣……」

富樫點點頭，茫然地後退，一屁股倒向牆邊的沙發。

「原來如此，這樣啊。」富樫再次點頭。「你的確有資格殺我。」

沒有反擊、沒有抵抗，甚至沒有辯解。這反而讓祐太郎氣惱起來。

「你有你的理由，是嗎？」

祐太郎說，富樫抬起頭來：

「你知道多少？」

得知祐太郎的身分，富樫也沒有要推諉塞責的樣子。祐太郎坦白回答：

「我妹在臨床試驗中，因為藥物副作用過世了。為了隱瞞真相，臨床試驗的主持人室田醫生利用他的高中同學日下部，掉包了緊急鑰匙。我爸媽試圖揭發真相，日下部焦急起來，找你商量善後之道。當時的你在厚勞省主持推動國內的新藥研發。你派人壓下我爸媽的官司。」

富樫搖搖頭：

「不對。啊，不，如果只看表面，或許確實是這樣。但不是這樣的。這不是事實。」

聽到那意義不明的呢喃，祐太郎更煩躁了：

「哪裡不對？」

對於怒吼似地質問的祐太郎，富樫疲累地回以微弱的聲音：

「隱瞞死亡事故、推動新藥研發。不是這樣的。那是更……真要說的話，是更私人的理由。」

富樫說，深深嘆了一口氣。

「更私人的理由？」

富樫垂頭看了地毯好半晌，慢慢地抬起頭來：

「事情的源頭不是令妹的死，而是更早。」

「更早……？」

「臨床試驗中有人過世，這是有可能的事。既然那不是治療，而是試驗，就有可能引發死亡事故。」

「所以病患就活該死掉嗎？我妹死掉是沒辦法的事嗎？」

「不是，我並沒有這樣說。我是說，令妹的死是一起不幸，但她的死沒有必要隱瞞。對於參與臨床試驗的每一個人來說，她的死都不是需要隱瞞的事。家屬一定會傷心，一定會感到無比的憤怒。但臨床試驗就是這樣的。我們已經徵求同意了。應該用書面和口頭說明過，試驗有可能引發對病患不利的後果。而令妹和令尊令堂仍然決定要參加。」

這一點祐太郎也知道。

「臨床試驗中有受試者死亡，這種情況雖然不頻繁，但並非絕對不會發生。為了預防意外，醫院準備了格式嚴謹的同意書請受試者及家屬簽名，並且加入保險，以備意外死亡之需。不管是對醫院還是藥廠，令妹的事故都沒有什麼好隱瞞的。」

「那為什麼……」

「所以，那是更私人的理由。」

「什麼意思？」

富樫又垂下頭似地望向地毯。然後聲明「我也是聽勳說的」，娓娓道來。

「九年前的某一天，室田在醫院裡遇到一名少年，消沉地坐在院內長椅上。室田想，也許少年是因為生病而煩惱。他一時興起，在少年身邊坐下來，問他怎麼了？」

——你怎麼了？看你一臉悶悶不樂的。

「當時少年的妹妹正與父母一起接受主治醫師說明臨床試驗的內容。但少年對於參加臨床試驗感到遲疑。」

——我覺得這不是壞事，可是就是覺得不太好。可能是因為大家都期待太高了。

「啊！」

祐太郎輕喊了一聲。這是連他自己都塵封已久的記憶。

「室田馬上就想到，是他擔任主持人的臨床試驗。由於當時已經有嚴格的義務必須向病患說明風險，因此要徵求病患同意參加臨床試驗，沒有過去那樣容易了。室田當下對少年說了。」

——最壞的情況，就是藥物沒有效果。但就算沒效，也不會變得更糟。參加臨床試驗不會有壞處的。

「聽到室田的話，少年鬆了一口氣似地露出微笑。」

——這樣啊。那就好。

「少年的妹妹同意參加臨床試驗。試驗開始四個月後，病患因為藥物副作用過世了。室田身為主持人，準備立刻採取必要措施。然而室田走出病房時，病患的哥哥就擋在前面，對他破口大罵。」

——不是不管再怎麼糟，也只是藥沒有效嗎？我都跟她保證絕對不會死掉了！

「我說了這種話？」

「對，你好像說了這種話。你不記得了嗎？」

祐太郎搖搖頭。

當時的事對他打擊太大了。他無法明確地憶起後來自己做了哪些事，但依稀記得他對在場的醫生和護士說了極刺耳的話。

「CD。」祐太郎說。「可以關掉嗎？」

富樫從沙發站起來，拿起櫃子上的遙控器，停止播放。弦樂器的聲音停止了。寂靜的房間裡，富樫繼續說下去：

「主治醫生已經向病患及監護人確認過參加臨床試驗的意願了。室田對病患哥哥說的話，只能算是私下閒聊，並非正式保證。但如果對話內容曝光，室田會因為他輕率的發言，遭到嚴厲的指責。雖然應該不至於被撤銷醫師執照，但肯定會被逐出大學醫院。」

「他起碼也該負起這點責任吧？」

「室田想要讓兒子當上醫生。他希望在兒子心目中，自己是一個傑出的醫生。」

「就為了這點理由？只為了這點理由，就隱瞞了鈴的死亡真相？」

富樫把遙控器放回原位，慢慢地折返，坐回沙發上。

「一般的話，這是不可能做到的事。但當時室田的環境，讓他剛好有辦法動手腳。」

「日下部勳是嗎？」

「沒錯。在勳的協助下，令妹的死亡被掩飾成與臨床試驗無關。但後來沒有多久，你們家人對此萌生疑心。你們開始追查真相了。」

「這時你登場了是吧？」

「我是聽到勳的說明，才知道令妹的死亡事故。如果家屬提告，室田和勳的所作所為將被揭發。我研究過能否以保密義務為由，隱瞞到底，但感覺很困難。這樣下去，兩人的罪行會曝光。我想要避免這樣的結果。」

「因為這會阻礙你推動新藥研發、讓醫藥產業成為國家成長產業之一的計畫。」

「對，這也是理由之一。死亡事故是無可奈何的事，但勳手腳太糟糕了。若是公諸於世，日本的新藥研發第一線將會遭到嚴厲的撻伐。別說推動新藥研發了，甚至有可能導致藥劑審核過程變得更加緩慢。」

「所以你幫了他們。」

「但這些理由都是次要的。我之所以行動，是出於更私人的理由。我不希望勳招來抨擊，波及勳的姊姊，我內人。」

「姊姊？你太太？為什麼他們會被抨擊？」

「你認為勳為什麼會協助室田？」

「因為室田拜託他吧？室田用錢收買他不是嗎？」

「勳沒有收錢。勳從室田那裡得知這件事，反而是積極地要幫他掩飾。」

「為什麼？」

「他的姊姊，也就是內人，生了嚴重的病。」

富樫的視線轉向病床。祐太郎也跟著看過去。

「那是一種神經疾病。她從婚前就行走困難了。勳一直替他的姊姊擔心，希望能有藥物治好姊姊的病。他懷著這樣的心願，進入醫療資訊公司。勳會協助室田，是因為當時研發那種臨床試驗藥物的藥廠，宣布著手研發他所期待的藥物。那是有可能治好姊姊的新藥。勳為了避免藥廠的新藥研發受到影響，協助了室田。當然，這是愚蠢的行為。如果他事先找我商量，我一定會阻止他。但勳告訴我時，是事情都已經做了、醫院也公開說明之後許久的事。如果勳的罪行曝光，他的動機也會被揭露。如此一來，內人也會招來罵名。不，即使沒有人責怪，內人也會深深自責吧。我不想看到這種情形。」

「所以你派出自己的部下，調查我們一家人。你派人騷擾我們，還利用厚勞省的門路，向我爸的公司施壓。」

「令尊的事……對，沒錯，是我做的。我想要設法將令尊的注意力從訴訟轉移開來，卻招來那樣的結果。我覺得很抱歉。」

「鈴的主治醫生怎麼會死掉?不是你派人殺了他的嗎?」

「那真的是意外。是酒後開車引發的意外。當然,無法否定事故的遠因可能是室田要他閉嘴,讓他對俯首聽命的自己感到自我厭惡。」

「從時間上來看,不可能無關吧?他等於是被你們害死的。」

「是啊,你說的沒錯。」

「其他你還做了令人作嘔的事吧?那是你部下的獨斷獨行嗎?你至少有接到報告吧?那傢伙……」

視線和富樫對上了。富樫的表情讓祐太郎皺眉:

「咦?那不是你的部下嗎?」

「呃,不是……」

「這樣,還有別人是嗎?那傢伙是聽從另一個人的命令行動的。」

仔細想想,眼前的富樫看起來也不像個醜陋的怪物。祐太郎回想起富樫寫給日下部的郵件內容。

「是你『朋友』嗎?對,你找過你『朋友』討論這件事吧?那是誰?是相和醫大附屬醫院的誰嗎?院長嗎?還是來頭更大的人?」

那個人才是祐太郎在找的醜陋怪物。祐太郎逼近沙發上的富樫。

「這……我不能說。」

「說！你有義務告訴我。而且你都說了這麼多，有什麼差別嗎？」

「那個人也有他的苦衷。」

「什麼？」

「他也跟我一樣，家中有人生病。症狀跟內人很像，就和內人一樣，步行困難。我們都在尋找治療方法時，在某個醫療相關的研討會上認識，成為朋友。他也對當時宣布研發的新藥寄予強烈的期待。我找他商量，他得知這件事，設法要讓你父母放棄提告。對他來說，這也是情非得已。請不要逼我說出他的名字。」

「你知道他對我們家做了什麼嗎？」

「不知道。不，我害怕去知道。原諒我。」

富樫深深低頭。祐太郎走到富樫面前，用力扯住他的衣領，硬是要他抬起頭來。

「那家藥廠可能會研發出治療家人疾病的新藥——就為了這種他媽的期待，你知道那傢伙做出多殘忍的事嗎！因為那傢伙，我們整個家都毀了。是我們太軟弱了，對，或許是吧。但就算是這樣，我也絕對無法原諒那傢伙。說出他的名字！」

富樫淚濕了眼，以強烈的視線回望祐太郎：

「如果那是你的家人，難道你就不會寄望嗎？」

「什麼？」

「即使會傷害別人，如果自己的女兒、妹妹能因此而得救，那也無所謂——你就不會這樣想嗎？不管可能性再怎麼低，如果那是你的家人，難道你就不會寄望你說的那他媽的期待嗎？」

「那，換成是你，就能原諒嗎？家人的死亡真相被隱瞞，想要得知真相，整個家就被殘酷地摧毀了，換成是你，就能原諒嗎？」

富樫垂下頭去。

「說出他的名字。這是你唯一能做的贖罪。」

「生病的是他的兒子，他可是個父親啊！當然會不擇手段吧？而且他……他已經不在人世了。」

祐太郎訝異自己居然沒有倒下。訝異的同時，他感覺到強烈的天旋地轉。祐太郎用力閉上眼睛。

「原來如此。你找那個人商量，想看看能不能用他的保密義務來保住室田和日下部對吧？啊，原來是這樣，你那個朋友並非什麼醫生。這樣啊，原來是這麼回事。」

祐太郎睜開眼睛。富樫困惑地看著他。他已經沒有什麼要問富樫的了。

「後來你太太呢？」

「兩年前死了。最後甚至難以活動。她一定很苦。」

「你一直在照顧你太太？」

圭司說，富樫這三年都沒有公開活動。

「三年前，我因為一些無聊的事，被迫離職。以結果來說，是啊，最後一年我可以陪在內人身邊。」

「這樣啊。」

之後的兩年，他就和妻子的幻影一起活在停止的時間裡。

祐太郎走向門口。

「你要走了？」

祐太郎沒有回答，離開房間。富樫跟了上來。

「接下來你要怎麼做？」

「跟你無關。接下來的事已經跟你無關了。」

祐太郎回答時，走廊傳來玄關的敲門聲。

『不好意思晚間打擾，請問有人在嗎？』

富樫一臉訝異。敲門聲持續著。

『我們是警察，不好意思，可以開門一下嗎？』

「警察？」

富樫喃喃，看向祐太郎說：

「我沒有報警。」

「我知道。」祐太郎點點頭。「不是你，是別人幹的。」

祐太郎走下黑暗的樓梯。富樫跟了上來。玄關的敲門聲持續著。

『富樫先生？不在家嗎？』

「最後一個問題。」

富樫看向祐太郎。

「剛才的曲子是什麼？」

「舒伯特，弦樂五重奏。」

祐太郎穿過玄關，走向後門。

「來了，我這就開門，請等一下。」

富樫拖延時間似地對警察說。祐太郎離開後門，沿著與來時相反的路線，從隔壁大廈公寓跑出馬路。他瞥了一眼停在路邊的警車，趕往車站。

抵達「dele. LIFE」的事務所時，已經接近午夜十二點了。開門一看，圭司就坐在老位置。他早有預感，因此並不驚訝。

「你還在。」祐太郎說。

「嗯。」圭司點點頭。「我覺得你會來。」

「不是覺得會被警察抓走？」

圭司沒有裝傻，只是搖了搖頭。

「我從來沒有懷疑過。就在這麼近的地方，卻完全沒發現。連自己都覺得白痴得好笑。」

祐太郎走到圭司的辦公桌前。

「這樣。」圭司點點頭。

祐太郎想要刺探他的真意，但圭司只是淡淡地回視他，祐太郎實在不懂他到底在想些什麼。

「起因是室田的死，對吧？室田死了，委託來了。他委託刪除的，是掩飾鈴的死亡真相的相關證據資料，而你找到了。如果這份資料曝光，參與隱瞞的人，將會被順藤摸瓜地全牽扯出來。而最後對家屬做出騷擾行為，逼迫家屬放棄提告的某個律師的卑鄙行為，也會被公諸於世。所以你刪除室田的資料後，決定清查事件相關人士手中的資料，看看還有沒有其他不利的證據。然後你把對你父親不利的東西全刪除了。相和醫大附屬醫院的內部系統裡到底留下了什麼？『AMADA醫療服務』的系統裡又留下了什麼？父親做出那種勾當，兒子也不遑多讓。你利用我，到處刪除對你父親不利的證據對吧？你有什麼藉口嗎？追根究柢——」

祐太郎繞過桌子。圭司仰望走到旁邊的祐太郎。那平靜的視線，只是令祐太郎怒不可遏。

「追根究柢，都是因為你的身體這副德行，才會引發這一切！你少沒事人似地呆坐在那裡！」

祐太郎一腳踹倒圭司的輪椅。輪椅側翻，圭司的身體跌落在地上。趴倒的圭司靠臂力翻轉身體，雙手在背後撐起上身，仰望祐太郎。

「沒錯，如果不是我的身體這副德行，你和你的家人就不會遭遇這一切了。對不起。」

圭司像要折斷脖子似地深深低頭。

「啊啊啊啊啊！」

不成話語的怒吼自腹部深處湧上來。祐太郎狠狠地對著倒下的輪椅亂踹一通。

「為什麼！如果要刪掉你父親做骯髒事的證據，叫別人去做就是了，為什麼要利用我？我會進這裡工作，也不是巧合吧？是你安排讓我拿到那張名片的嗎？為什麼？為什麼！」

祐太郎最後用力踹開輪椅，瞪住圭司。

「把你引來這裡的不是我，是夏目。」

「夏目？」

「一條線索，會如何影響得到線索的人？他對這種事很感興趣。近乎病態地感興趣。我不知道他是直接給你的，還是派人給你的，但夏目把這裡的名片給了你。」

「他為什麼要——」

「他想看我會有什麼反應吧。夏目就是這種人。你把你妹妹的照片拿給我看時，我才發現了。」

「照片？」

祐太郎想起有一次案子結束後，他把鈴的照片拿給圭司看。

「家父做了什麼事，我在他死後整理電腦時發現了。生前是企業法務的家父，也會替企業處理一些問題。為了對付獅子大開口的股東，他也雇用過處理麻煩事的人。家父就是命令那個人逼迫真柴家放棄提告的。家父下了什麼命令、那名男子受命做了什麼，我在家父死後的電腦中得知細節，驚愕極了。對我來說，家父是理想的大人，總是冷靜、聰明、沉穩，做出正確的選擇。然而這樣的父親居然染指如此卑鄙的勾當，我震驚到無以復加。家父留下的資料裡，有過世的病患的照片。」

「我第一次來這裡的時候，你聽到真柴這個姓氏，沒有想到可能跟我有關嗎？」

「家父留下的資料裡面沒有真柴這個姓氏。你妹妹的名字、你父母的名字，都是用英文首字母記錄的。至於與訴訟無關的哥哥，則隻字未提。」

「這表示對他來說，我們家只是一個案子罷了嗎？死掉的病患叫什麼名字、有沒有兄弟姊妹，他毫無興趣是吧？」

「他想要把它視為與其他案例沒什麼不同的案子吧，所以才沒有寫下真柴的名字。家父應該強烈地認識到自己的罪行有多重，所以他才沒有刪掉你妹妹的照片，和自己的犯罪證據資料。家父下不了手刪除。」

「但你把那些資料全部刪掉了吧？」

為了不讓任何人知曉，圭司一個人刪除了父親骯髒的部分。

『不管是電腦還是手機、平板，以猝死而言，都整理得太乾淨了。』

以前舞這麼說過。

「對。」圭司點點頭。

「然後這次你利用我，也侵入相和醫大附屬醫院的系統和『ＡＭＡＤＡ醫療服務』的系統，刪除了裡面不利的資料。然後派你父親以前雇的傢伙挑釁我，讓我前往富樫家。只要侵入富樫家的我被依現行犯逮捕，一切就結束了。對你父親不利的證據已經徹底從世上消失，叫囂說妹妹死亡的相關資料被掉包的哥哥是以現行犯被逮捕的犯罪者，不會有人理他說什麼。」

圭司露出意外的眼神：

「這樣啊，相葉去找你了？」

「相葉？」

「我爸以前雇用的人。他說什麼？」

「不要再裝傻了，就是你派他來的吧？」

「不，是他自己去找你的。我已經好幾年沒見過他了。他發現我想做什麼了。應該是覺得與其阻止我，直接威脅你比較快。」

「阻止你？阻止你要做的事嗎？」

「家父死後，我看到資料，心慌之下把那些資料從電腦中刪除了。我檢查家父生前使用的每一個數位裝置，把不讓想舞和家母看到的資料都處理掉了。雖然有許多灰色的行為，但最讓我無法忍受的，是對準備提告的病患家屬的所作所為。為了我、為了甚至不知道對我有沒有用的新藥研發——一想到這裡，我真想把他的骨灰罈從墓裡挖出來，一腳踹飛。」

圭司說完笑了笑，伸出右手撫摸無法動彈的腳。

「唯有這件事，我覺得絕對不能讓舞和家母知道。所以我請來了夏目。」

「那個夏目到底是什麼人？」

「是我學習數位科技的大學裡，大我好幾屆的學長。他在大學很有名，幾乎就像是傳說中的生物。關於電腦破解，他被認為超越Wizard級，而是Lucifer等級了。我連絡夏目，說明緣由，請他設法讓這場臨床試驗的資訊操作絕對不會曝光。得知原委後，夏目覺得很有趣，答應下來。然後我成立了這家公司。」

「『dele. LIFE』？」

「對。夏目以員工身分過來這裡，將可能成為你妹妹的臨床試驗資料遭到竄改的證據逐一刪除。憑夏目的本事，這一點都不難。而夏目完成工作後，我向他提出了另一項委託。」

「什麼委託？」

「我要他讓與事件有關的三個人，室田、日下部和富樫，失去社會信用。」

「為什麼？」

「日下部姑且不論，室田和富樫都是社會上有頭有臉的人物。他們很容易成為媒體追逐的目標，兩人做的壞事，隨時都有可能被揭露。所以我想剝奪他們的社會地位，把他們驅逐到不起眼的角落。而且，即使他們三人當中有人因為某些理由，告白竄改資料的事，只要失去社會信用，就不足為懼了。因為已經沒有任何能夠佐證的資料了。我的這個委託，讓夏目更覺得有趣。他精確地完成了任務。」

「那，室田引發的醫院資料外洩事件……」

「對，是夏目幹的。」

「日下部呢？」

「他把日下部塑造成車站的偷拍狂。在車站，有一名女性控訴被日下部偷拍裙底風光。站員依言檢查日下部的手機，發現裡面真的有女子裙底的照片。」

「怎麼做的？」

「要把資料放進裝置裡，比偷出來更容易。如果你覺得我在撒謊，把手機拿出來就知道了——日下部依言把手機交給女子，女子再把手機拿給站員，這樣短短的一瞬間就夠了。女子請站員檢查，站員打開照片資料夾，裡面有日下部完全不知道怎麼來的照片。站員報警後日下部被交給警方，這件事鬧到他身邊人盡皆知後，女子撤銷告訴。」

「富樫呢？你們對他做了什麼？」

「媒體收到一份資料，指出富樫除了薪資以外，還以各種名目收取空降的智庫給他的現金。雖然並不算違法，但不是做為薪資給付，而像是黑金似地交付，這一點引發種種臆測，隔月富樫就辭掉了智庫所長的職位。資料本身是事實，因此沒有被深入追查，但資料是如何流出的，應該沒有人知道。」

「夏目用這些手段讓三人失去了社會信用。然後呢？」

「沒有然後。就此沒了下文。他留下一顆足球，消失無蹤。只有不久前打了一通調侃人似的電話過來。」

『可是夏目，你不要再干涉我們了。』

祐太郎想起圭司這樣說。

祐太郎環顧事務所。足球掉在沙發旁。他走過去，用腳尖挑起來，拿在手裡。

to

K

上面是這些文字。

「為什麼送你足球？」

祐太郎把足球擲向圭司。圭司接過去，看了一眼上面的文字，扔到房間角落。

「天曉得，我才不知道。」

祐太郎覺得那是夏目在挖苦想要把礙眼的東西全數鏟除的圭司。除此之外，他想不到還有什麼理由要送足球給絕對不可能用到的圭司。

「啊，不，等一下。」祐太郎說。「剛才你說夏目刪除了對你父親不利的資料？」

「對。」

「咦？那你做了什麼？你利用我侵入相和醫大附屬醫院、『ＡＭＡＤＡ醫療服務』的系統，是為了什麼？不是為了刪除對你父親不利的資料嗎？」

「因為夏目引發的資料外洩事件，相和醫大附屬醫院的資訊安全變得異常嚴密。特別是病患的資料，為了預防外洩，都予以加密，只能在院內系統的裝置上閱覽。現在如果想要查閱相和醫大附屬醫院的病患資料，就只能潛入院內。我曾經假裝病患，前往醫院，在櫃台的電腦直接安裝病毒，接著再從這裡破解，試著查看病患資訊，卻是徒勞無功。」

「你去醫院，難道是舞小姐開心地說你主動去醫院那一次？那是為了放入病毒？」

「對，沒錯。」圭司點點頭。「『ＡＭＡＤＡ醫療服務』原本安全性就很高，三年前，防護變得更加嚴密了。因為有個駭客破解了公司系統。後來『ＡＭＡＤＡ醫療服務』聽從那名駭客的建議，打造了更堅固的安全性。」

「那個駭客是……」

「就是夏目。夏目依照我的委託刪除了資料後，為了讓資料維持那個狀態安全地保管，將『ＡＭＡＤＡ醫療服務』的安全性修補得更為堅固。如今回想，真是多此一舉。結果以我這種等級的技術，實在無法從外部侵入系統。如果要挖掘資料，就只能從內部裝置存取，製造後門。我就是要你去做這件事。」

「然後你做了什麼？」

「我不是說了嗎？放入資料，比刪除資料容易太多了。」

「咦？」

「室田與日下部共謀竄改臨床試驗的資料，但夏目已經把證據刪除了。所以我重新製作證據，放入相和醫大附屬醫院和『ＡＭＡＤＡ醫療服務』的系統裡。我也做了證明前厚生勞動審議官與某個律師犯下卑劣犯罪的郵件資料，順便塞進去。」

證據資料已經消失了，所以……

「你不是把裡面的資料刪掉……」

而是放入偽造的資料嗎？

祐太郎啞然失聲。

「然後你會去富樫家，被接獲通報的警方逮捕。你會告訴警方你去富樫家的目的。警方應該不會採取行動，但只要新聞見報，富樫就會受到關注。如此一來，總有一天會有人發現證據。」

「發現你放進去的證據。」

「對。我打算如果沒有人發現，就讓它洩漏出去。」

「可是我會去富樫家，確實是因為你告訴我他的住址，誘導我去，但你也無法確定我會在今天過去吧？但你還是報警了嗎？」

圭司目瞪口呆地說：

「你啊，怎麼會覺得我沒有掌握你的手機位置？」

「啊，手機。定位功能嗎？」

圭司指向翻倒的輪椅，就像在問他可以坐回去嗎？祐太郎扶起輪椅。接下來不需要協助，圭司自己便坐了上去。圭司回到辦公桌前，從抽屜拿出隨身碟，就像下棋那樣，「叩」地一聲放到桌面。

「這裡也有我做的資料，隨便你要拿去給電視台還是報社。」

「可是那是假資料吧？」

「誰會知道是假的？他們違法亂紀本身是事實。而且只要去資料應該的出處尋找，就能找到這些證據。」

「所以你才計畫了這一連串的事？那室田的委託是假的？室田並沒有委託刪除資料，是你捏造的。」

「你有權利知道九年前發生了什麼事，也有權利制裁牽涉其中的人，包括室田、日下部、富樫、我父親，還有我。」

圭司舉起雙手手掌，就像在說話說完了。

「隨你處置吧。我在這裡等你發落。不管你要做什麼，我都毫無怨言。」

祐太郎看著桌上的隨身碟。他拿起來，用力握在掌心。他不知道該說什麼好。心底強烈的衝動失去出口，凶猛地在體內衝撞。圭司注視著桌面，完全不看祐太郎。祐太郎用握著隨身碟的拳頭狠狠地捶了一下桌面，離開事務所。

祐太郎往車站走去，但已經沒有車班了。他也不想坐進狹窄的計程車，用走的往根津的方向前進。

也許是因為年關逼近，即使過了午夜，幹線道路仍有許多行車。寒風自正面撲來，祐太郎雙手插進飛行外套的口袋裡。右手依然握著隨身碟。他現在甚至不想去思考該用這支隨身碟做什麼。他抱定這次一定要逮到的決心，總算獵捕到的敵人，卻根本不是他所想像的醜惡怪物。

他走了約一個小時，回到根津的家，屋中散發燈光。

「啊，祐哥。」

進屋一看，遙那正站在矮桌上把金蔥條掛到牆面高處，回過頭來。

「咦？你不是要離家一陣子嗎？」

「事情提前辦完了。」

對望太久，感覺會被看出心事，祐太郎為了從遙那身上轉開視線而環顧房間。

「好厲害。」

和室牆上裝飾了五顏六色的金蔥條。

「驚人的不搭調。」

「別這樣說嘛。都是這個家純和風過頭了啦。我都貼心地沒擺聖誕樹了。」

祐太郎感覺到視線，望過去一看，小玉先生正從廚房目不轉睛地盯著他看。

「何必選在三更半夜弄呢？」祐太郎說，坐了下來。然而以為會靠過來的小玉先生卻沒有靠近。

「我本來想趁祐哥不在的時候裝飾好，給你一個驚喜的。」

遙那用膠帶固定好金蔥條，走下矮桌。矮桌上有紅色與白色的布。拿起來一看，似乎是迷你聖誕老人裝。

「啊，那是小玉先生的。我本來想幫牠穿，被牠逃走了。」

「哦，原來如此。」

祐太郎看廚房，但小玉先生不知何時開溜了。

遙那摸索腳下的大袋子，拿出一個小花圈。

「這是最後一樣。要裝飾在哪裡？玄關嗎？」

「嗯，哪裡好呢？掛在我家玄關，感覺不像聖誕花圈，比較像某種除魔道具。」

「聽說本來就是用來驅邪的，也不算錯啊。唔，不過確實格格不入呢。還是裝飾在室內好了。掛在那綠色和紅色的金蔥條重疊的地方。」

遙那遞出花圈，祐太郎苦笑著站起來。花圈似乎是手製的。

「妳自己做的嗎？」

「當然了，我才不會花錢買花圈呢。我家庭院的藤蔓、公園撿的松果、還有你家庭院的草珊瑚，加上路邊摘的花和葉子，每年都是用這些做的。祐哥家庭院的草珊瑚現在都還會結果喔。」

「嗯，草珊瑚。」

不意間，一個情景浮現腦海，祐太郎忍不住低吟出聲。從外頭回來，開門進入令人放心的溫暖家中，看見兩名少女正坐在地毯上。

「是啊，我都忘了。」

當時自己讀國中，鈴還是小學生。結束社團活動回家時，看到鈴和遙那兩個人正在做花圈。

「比起花圈，更像狗項圈。」祐太郎說。

「狗項圈？太過分了！」遙那抗議，回望祐太郎。「咦？祐哥？你怎麼了？」

「對，那個時候妳也是這麼說。」

祐太郎看著手上的花圈，回溯記憶。

「我說很像狗項圈，妳就抗議說好過分。」

『等一下就會變成很漂亮的花圈了。對不對？』

鈴安撫鼓起腮幫子的遙那說。然後她一個人走下庭院，摘來帶著綠葉的紅色果實。那個時候祐太郎想，如果把它做成髮飾，一定會很適合鈴。

「我都忘了。每年鈴和妳都會一起做花圈。」

「嗯……祐哥，你還好嗎？」

「我一直以為我都記得。我自以為只要是鈴的事，重要的事我全都記得。可是我卻連這麼重要的事情都忘了。」

祐太郎拿著花圈怔立在原地，遙那伸手包裹住他的雙手。

「你沒有忘記呀。你現在不就好好地想起來了嗎？」

「我是不是也忘了其他的事？是不是失去了什麼重要的回憶？」

「或許吧。即使現在沒有忘，可能總有一天也會忘記。沒辦法啊，人又不是機器。」

「我該怎麼辦才好？」

祐太郎忽然疲倦到無以復加，跪了下去。

「再想起來就好了。能夠想起多少，想起多少就是了。」

「可是那樣的話，回憶會愈來愈少，愈來愈淡，總有一天會全部忘光，不是嗎？」

「應該吧。」

「那豈不是太可悲了嗎？」

「很可悲啊。很令人悲傷。」

「那該怎麼辦才好？」

「就像現在這樣啊，祐哥。我覺得這種時候，人只要流淚就好了。」

遙那輕輕地將臉龐貼近祐太郎垂下的臉頰。淚水落向手上的花圈。沒有嗚咽，沒有顫抖，只有淚水潸然而下。

自己一直以來不斷地冀望的，或許只是能夠像這樣靜靜地流淚。

祐太郎看著被淚水沾濕的花圈，感到情緒逐漸變得靜謐。

隔天早上，祐太郎前往「dele. LIFE」的事務所時，圭司就在他的老位置上。祐太郎走到辦公桌前，把隨身碟「叩」地一聲放到桌上，推向圭司。

「還給你。我好像不需要了。」

圭司的視線從被推到面前的隨身碟移向祐太郎。

「它可以揭開試圖隱瞞你妹妹死亡真相的每一個人的罪行。這應該是你的心願。」

「是啊，我也一直這麼以為。可是我錯了。」

「你可別說什麼反正不管怎麼做，死者都不會復生這種蠢話。那是你的問題。你應該挺身對抗。只要有這些資料，你就能贏。」

「我的心願只有一個。那就是在我想起鈴的時候，可以用純粹沒有雜質的心情去想起她。就只有這樣而已。我想要純粹地去想起她，而不帶怨恨、猜疑、自責、羞恥這些感情。只要能做到這一點，我別無所求。」

「室田死了，但日下部和富樫都還活著。你能原諒他們嗎？我父親的所作所為呢？你們的家庭因此而破碎了，不是嗎？我做的事也一樣。我為了不想讓舞和我母親知道，把我父親骯髒的部分全刪除了。這不是可以原諒的行徑。」

圭司瞪著祐太郎。那看起來像是憤怒，也像是悲嘆。

「如果你這樣想，那你拿去用吧。」

圭強烈的視線瞬間放鬆下來：

「我？」

「如果說因為這些資料，有了那麼多無法原諒的事，那如果是你，要怎麼做才能原諒？」

「要怎麼做？」

「我不知道。圭，你來決定吧。要拿去向媒體爆料也行，要交給警方也行。如果說只拿給舞小姐和你母親看，那樣也行。不給任何人看，一輩子深鎖在心底，我覺得這也是一種覺悟。其他還有更多方法吧？要怎麼做，才能讓你在回想起你父親時，純粹地去緬懷他，你自己去想吧。畢竟你比我聰明太多了。」

圭司注視著隨身碟。然後他低低地說：

「這樣啊。從一開始，這就是我自己的問題嗎？」

圭司抬頭：

「是這樣對吧？」

「如果要這樣說，」祐太郎點點頭。「就是這樣吧。」

圭司點了點頭，拿起隨身碟，轉向桌電。

「祐太郎，你可以回去了。」

「咦？」

「我會再連絡。」

意思是在他連絡之前，都不要過來嗎？瞬間，祐太郎難以忖度圭司的真意。但他立刻恍然領悟。

這家事務所原本是圭司為了隱瞞父親的罪行而開設的。而今父親的罪行被復原了，對圭司來說，也沒有意義再繼續經營下去了吧。更沒有理由繼續雇用與父親的罪行根源有關的人。

「好。」祐太郎點點頭。

他想不到道別的話。覺得道謝也不太對。

祐太郎轉身背對圭司離開。握住門把時他回頭看，圭司已經對著螢幕打起鍵盤來了。

祐太郎環顧事務所。

不見天日、混擬土外露的房間。熟悉的沙發。大辦公桌。高聳的書架。散落的棒球、籃球和網球拍。

祐太郎望向辦公桌另一頭的圭司。

第一次來時，這間事務所對祐太郎來說就像異界，身在此處的是孤獨的異界之王。如今正準備離開的事務所，卻是讓祐太郎安心的歸宿，在這裡的是交心的朋友。

總有一天，他一定會獨自閉上眼睛，渴望回到這片景色之中吧。祐太郎如此預感。

「你第一次叫了我的名字。」祐太郎說。

「是嗎？」圭司裝傻，把頭探出螢幕看祐太郎。「替我向小玉先生問好。」

「我會。」

祐太郎點點頭，離開事務所，關上了門。

沒機會讓小玉先生和圭司見面。這是他唯一的遺憾。

沒多久，相和醫大附屬醫院便連絡了祐太郎的父親。據說有幾個人前去拜訪，承認鈴的死是因為臨床試驗藥物的副作用，向父親道歉。隔天醫院召開記者會，向媒體做出相同的說明。除此之外，好像有「相關的資訊管理公司的員工」接受警方偵訊，但未被逮捕，媒體也沒有報出他的姓名。富樫的名字上了媒體，但是在年關前的忙亂之中，世人對已過了九年的事件沒有太多的關注，新聞並未詳加報導。至於坂上法律事務所，則完全沒有被提及。祐太郎也不知道知情的圭司和繼承事務所的舞有沒有被警方約談。

報導並未延續到新的一年。新的一年到來後，社會大眾和媒體都忘了這起事件。祐太郎覺得有些空虛，卻也能接受現實就是如此。

祐太郎放開合掌的手，睜開眼睛。線香升起裊裊清煙。一旁的遙那也幾乎同時放開了合掌的手。這是祐太郎第一次和別人一起來鈴的墓上香。

「那，祐哥，接下來你有什麼打算？」

蹲著注視墓碑的遙那片刻後轉向旁邊的祐太郎問。

「去找其他工作。」

祐太郎包起報紙上凋萎的花朵說。花凋萎了，但尚未乾枯。是父親或母親供上的嗎？應該是兩、三天前來的吧。

「或者說，我已經在工作了。」

「咦咦！怎麼都沒跟我說？什麼工作？」

遙那從蹲姿直接一屁股坐到地上。

「整理遺物和賣二手貨的店。之前他們就有找過我。」

「又是好微妙的工作喔。」

遙那抱起立起的雙膝說。

「遺物整理就遺物整理，賣二手貨就賣二手貨，這樣還比較容易懂，可是你的新職場也就是把遺物拿來當成二手貨轉賣吧？幫人整理遺物賺一筆，然後拿去轉賣再賺一筆。」

遙那說，對著墓碑發牢騷：

「欸，小鈴，為什麼祐哥老是在做這種微妙的可疑工作啊？」

如果鈴真的在這裡，會怎麼回答？

「才不會呢，兩邊都是助人啊。」

祐太郎自己也席地而坐，這麼說著。一半是對著墓碑說的，讓他自覺好笑。

「是嗎？」遙那笑道，語帶顧慮地問：「之前的工作真的沒機會了嗎？」

關於圭司和「dele. LIFE」的事，祐太郎大略對遙那說明過了。

「是啊，應該很難了吧。」

『我會再連絡。』

祐太郎把這句話當成圭司的道別。事實上，過年之後都好一段日子了，圭司卻音訊全無。

「這樣啊。唔，也沒辦法呢。」

「也許圭是擔心我在那裡工作也很尷尬吧。」

一名拿塑膠袋的中年男子走了過來。似乎是墓園的清潔員。他向兩人頷首，兩人也回禮。清潔員走過來，問祐太郎：

「那是要丟掉的嗎？」

「啊，嗯。」祐太郎說，把包著花的報紙遞過去。「謝謝。」

清潔員將接過來的報紙放進塑膠袋問：

「你哥哥好嗎？」

「哥哥？」祐太郎愣住反問。「啊？我嗎？唔，還不錯啊。」

這次似乎是清潔員愣住了：

「啊，不是，我是說你哥哥……啊，那不是你哥哥嗎？不好意思，我以為是。是拿這些花來祭拜的人。坐輪椅的。」

「那是……」

祐太郎哽住，吸了一口氣再吐出來：

「是我朋友。」

「啊，朋友啊。這樣。」清潔員點點頭，轉頭看墓碑。「他拜了很久呢。」

「這樣啊。」

清潔員向兩人行禮後離去。

祐太郎看著墓碑，想像圭司把輪椅推到自己坐的位置，閉上眼睛合掌的模樣。圭司對鈴說了些什麼？

『我會再連絡。』

祐太郎忽然覺得，也許那不是道別，而是沒有期限的約定。

「走吧。」

祐太郎催促遙那，站了起來。遙那摸了摸鈴的墓碑，兩人肩並肩往前走去。

不久後的將來……

祐太郎走在遙那旁邊，如此想像著。

假日午後。矮桌對面坐著遙那，膝上坐著小玉先生。平凡無奇的閒話家常。玄關門打開的聲音。冷淡的招呼聲。跟著小玉先生走去玄關，眼前是一張冷漠的臭臉。

如果不久後的將來能看到這樣的情景，它一定會成為永不磨滅的記憶之一。

撫過臉頰的寒風愜意極了。祐太郎停下腳步，對著天空大大地伸了個懶腰。遙那回頭，露出輕柔的笑容。

國家圖書館出版品預行編目資料

dele 刪除 / 本多孝好作 ; 王華懋譯 . -- 初版 . --
臺北市 : 臺灣角川 , 2019.05
冊 ; 公分 . --（文學放映所 ; 122-）

譯自 : dele ディーリー
ISBN 978-957-564-978-4（第 2 冊 : 平裝）

861.57　　　　108004491

dele刪除 2
原書名＊dele 2

作　　者＊本多孝好
譯　　者＊王華懋

2019年5月27日　一版第1刷發行

發 行 人＊岩崎剛人
總 經 理＊楊淑媄
資深總監＊許嘉鴻
總 編 輯＊呂慧君
主　　編＊李維莉
設計主編＊許景舜
印　　務＊李明修（主任）、張加恩（主任）、黎宇凡、張凱棋

台灣角川

發 行 所＊台灣角川股份有限公司
地　　址＊105 台北市光復北路11巷44號5樓
電　　話＊(02)2747-2433
傳　　真＊(02)2747-2558
網　　址＊http://www.kadokawa.com.tw
劃撥帳戶＊台灣角川股份有限公司
劃撥帳號＊19487412
法律顧問＊有澤法律事務所
製　　版＊尚騰印刷事業有限公司
I S B N ＊978-957-564-978-4